Une troublante revanche

Chère lectrice,

Savez-vous que c'est en 46 avant notre ère que Jules César décida que le 1er janvier serait désormais le jour de l'an ? A cette occasion, un culte était rendu à Janus, dieu des portes et des commencements. On ouvrait les temples, on faisait des offrandes de miel et de fruits, on échangeait des vœux…

Alors, pour ouvrir sous de bons augures la porte de cette année nouvelle, j'ai choisi pour vous une très belle trilogie de Melanie Milburne, « L'orgueil des Sabbatini ». Dans le premier opus de ce mois (*Une héritière pour les Sabbatini*, n° 3202), vous lirez avec émotion l'histoire de Bronte, une jeune Australienne qui enseigne la danse avec passion, et qui retrouve, deux ans après leur séparation, l'homme qu'elle a follement aimé… et à qui elle a caché qu'il était le père de sa petite fille de quatorze mois.

Avec Bronte et toutes les autres héroïnes de votre collection, la passion, le désir, les émotions et les bouleversants *happy ends* seront au programme de 2012.

Je vous souhaite une très belle année, emplie de joie et de beaux commencements.

La responsable de collection

LYNN RAYE HARRIS

Une troublante revanche

collection Azur

éditions HARLEQUIN

Collection : Azur

Cet ouvrage a été publié en langue anglaise
sous le titre :
SPANISH MAGNATE, RED-HOT REVENGE

83-85, boulevard Vincent-Auriol, 75646 PARIS CEDEX 13

Service Lectrices — Tél. : 01 45 82 47 47

www.harlequin.fr

ISBN 978-2-2802-3599-0 — ISSN 0993-4448

1.

— Quel cauchemar ! Non, pas maintenant…, murmura Rebecca, consternée.

Elle était si bien, loin de New York… Dehors, derrière l'immense baie vitrée de sa suite à l'hôtel Waikiki, les palmes se balançaient doucement au gré de la brise tropicale, sur le fond azuré des vagues ourlées d'écume. La beauté paisible du paysage contrastait crûment avec la tempête qui se déchaînait en son for intérieur.

Elle venait de parler au téléphone avec le directeur financier de Layton International, l'entreprise familiale, et les nouvelles étaient catastrophiques. Si elle ne rentrait pas immédiatement à New York pour redresser la situation, elle risquait de tout perdre. Quand son portable sonna de nouveau, elle décrocha machinalement. Rares étaient ceux qui possédaient son numéro personnel, et encore moins nombreux ceux qui osaient la déranger alors qu'elle était en voyage d'affaires.

C'était forcément important. Et probablement en relation avec le cataclysme qui menaçait Layton International.

— Oui ? dit-elle en consultant son agenda.

Elle passerait quelques coups de fil pendant que son assistante réserverait son vol de retour. Elle se battrait avec acharnement pour sauver l'entreprise que son père lui avait léguée en mourant prématurément. Elle ne le décevrait pas.

— Bonjour, Rebecca.

La jeune femme sursauta violemment.

— Alejandro ? dit-elle dans un souffle, assaillie par un mélange de désir et de tristesse.

— Quelle surprise, n'est-ce pas ?

Cela faisait cinq longues années qu'elle n'avait pas entendu le son de cette voix, autrefois pour elle synonyme de bonheur. Et maintenant ?… Elle n'aurait même pas su analyser ce qu'elle ressentait.

— Le moment est très mal choisi, Alejandro, répliqua-t-elle, les paumes moites. Je ne peux pas te parler.

Il éclata d'un rire sonore qui transporta aussitôt Rebecca très loin en arrière : Alejandro Arroyo Rivera de Ramirez, l'homme le plus séduisant qu'elle ait jamais rencontré, sortait de la piscine pour la soulever dans ses bras et l'emporter dans sa chambre en riant aux éclats, sans même prendre la peine de se sécher…

— Il te suffit de m'écouter, *querida*.

Son ton autoritaire la réduisit instantanément au silence. Le cœur battant, elle tendit la main vers son verre pour avaler une gorgée.

— Je te donne vingt-quatre heures pour venir à Madrid. Pendant le voyage, tâche de réfléchir au moyen de me convaincre si tu veux que je te garde au conseil d'administration de Layton International.

Choquée, elle se leva d'un bond.

— C'est toi qui cherches à t'emparer de la société ?

— Attention, Rebecca ! répliqua-t-il, glacial. Tu n'as pas pris les bonnes décisions.

Elle passa une main nerveuse sur son front brûlant. Elle n'était pas responsable des choix stratégiques de feu son père.

Les choses avaient bien changé, depuis la dernière fois qu'elle avait vu Alejandro. Cinq ans plus tôt, multimilliardaire, elle dirigeait une société florissante alors que lui ne connaissait rien à l'industrie hôtelière et avait tout à apprendre. A l'époque, c'était elle qui détenait le savoir et tirait les ficelles.

Comment un tel retournement s'était-il opéré ?

Elle avait sans doute encore le temps de redresser la barre, de mettre un terme aux agissements d'Alejandro. N'était-elle pas une Layton ?

— Tout n'est pas joué, déclara-t-elle le plus calmement possible.

— Tu te trompes, rétorqua-t-il, péremptoire. Layton International appartient désormais aux Entreprises Ramirez.

Un frisson glacé courut le long de sa colonne vertébrale.

— Je ne te crois pas.

— Eh bien, reste à Hawaii pendant que j'engage une nouvelle équipe de direction, si tu ne veux pas en faire partie.

Comment savait-il qu'elle était à Hawaii ? Etait-il au courant des négociations qu'elle menait pour acquérir une chaîne d'hôtels de luxe dans l'archipel ? Il lui suffirait de quelques mois pour remettre à flot ses finances. Malheureusement, l'assurance qui émanait de la voix d'Alejandro ne lui laissait aucun espoir…

Il ne lâchait jamais prise une fois qu'il avait arrêté une décision. Pas avant d'avoir gagné et obtenu ce qu'il voulait. Il ne l'aurait pas appelée s'il n'avait pas été totalement sûr de lui.

Jackson Layton, qui n'avait jamais aimé Alejandro, devait se retourner dans sa tombe. L'empire qu'il avait bâti à la force du poignet était en train de tomber entre les mains de son ennemi. Simplement parce que sa fille avait manqué de prévoyance…

— Je te hais, murmura-t-elle.

— Dans ce cas, nous sommes à égalité, répondit-il avant de raccrocher.

*
* *

Une Mercedes avec chauffeur attendait Rebecca à l'aéroport international de Madrid-Barajas. Assise à l'arrière, la nuque engourdie appuyée contre le cuir de la banquette, elle regarda sans le voir le paysage qui défilait tandis qu'ils remontaient la Gran Vía.

Alejandro la haïssait-il vraiment ? Elle n'y croyait pas tout à fait.

Ces dernières années, elle ne l'avait pas revu autrement qu'à la télévision ou dans les pages des journaux alors que, pendant un mois entier, il avait été tout pour elle, partageant chaque moment de ses jours et de ses nuits. Ils ne s'étaient pas quittés un seul instant. Elle s'était sentie comblée.

Comme cela semblait loin ! Elle se pinça la base du nez en s'efforçant de se ressaisir. Alejandro était devenu un homme d'affaires puissant, impitoyable, qui avait racheté Layton International jusqu'à la dernière action. Elle en avait eu confirmation pendant ce voyage interminable depuis Hawaii.

Il ne lui restait rien. S'il la renvoyait, elle serait sans le sou. Pendant trois mois, elle réussirait à payer ses traites et à se nourrir. Mais ensuite, si elle ne trouvait pas de travail, elle aurait tout perdu.

D'une certaine manière, la faillite matérielle la touchait moins que la blessure d'orgueil. Elle ne se pardonnait pas d'avoir failli à préserver son héritage familial, cette chaîne d'hôtels de luxe qui était toute sa vie. Elle ne savait rien faire d'autre qu'évoluer dans ce monde de service et d'excellence ; pour ce faire, elle avait reçu une solide formation, un peu contre le gré de son père. Ce dernier, qui aurait préféré un fils pour lui succéder, avait dû surmonter beaucoup de réticences avant de confier son empire à sa fille unique. Pour lui, c'était une affaire d'hommes. Comme il serait déçu de voir combien ses craintes étaient fondées…

La voiture se frayait un chemin dans les embouteillages en direction de la Villa de Musica, le joyau des Ramirez niché en plein cœur de Madrid. Un flot de souvenirs assaillit Rebecca à la vue du palace où elle avait rencontré Alejandro pour la première fois. Mais elle chassa résolument l'image du séducteur espagnol qui avait gâché sa vie. Elle était là pour parler affaires et ne se laisserait pas intimider ni tourner la tête comme autrefois.

En passant devant la villa, le chauffeur poursuivit sa route sans s'arrêter. Un peu surprise, Rebecca profita de ce répit pour fermer les yeux, sans réussir toutefois à s'assoupir.

Finalement, au bout d'un trajet interminable, la limousine s'immobilisa dans l'allée d'une demeure résidentielle, quelque part dans les collines surplombant Madrid. Un domestique en livrée ouvrit la portière tandis qu'un autre s'occupait des bagages. Ils traversèrent un somptueux vestibule dallé de marbre avant de pénétrer dans un bureau très masculin, qui donnait sur une terrasse avec piscine. Alejandro avait parcouru bien du chemin, en cinq ans…

Rebecca s'approcha des portes-fenêtres. Elle avait les mains moites et tremblantes. Après vingt-quatre heures de voyage, elle avait grand besoin d'une douche. Mais Alejandro avait trop hâte de l'écraser de son triomphe pour lui accorder le moindre répit.

Eh bien, soit. Elle ferait bonne figure.

Quand la porte s'ouvrit, elle se retourna, prête à l'affronter.

Mais ses jambes flageolèrent malgré elle. Il était toujours aussi séduisant, beau comme un dieu… Inexplicablement, elle eut envie de se précipiter dans ses bras, comme autrefois. Il lui fallut toute la force de sa volonté pour ne pas céder à ce désir déraisonnable.

« Pourquoi, Alejandro ? Pourquoi m'as-tu déçue alors que je t'aimais de toute mon âme ? »

Les mots ne franchirent pas ses lèvres. Son ancien

amant s'immobilisa en rivant sur elle ses yeux gris argent, indéchiffrables. Incapable de prononcer un mot, Rebecca attendit, les bras croisés.

Les années n'avaient pas altéré l'aura de puissance qui émanait de lui. Du haut de son mètre quatre-vingt-dix, l'ancien torero l'impressionnait presque plus qu'avant, quand elle le traitait de « guerrier en Armani ».

Avait-elle vraiment caressé sa peau mate et bronzée ? Cela semblait tellement irréel… Pourtant, son corps se souvenait encore du plaisir étourdissant de leurs nuits enfiévrées.

Dans la pièce, l'air se chargea d'une électricité tangible, mais Alejandro demeura impassible. Rebecca, chancelante, posa une main mal assurée sur le montant de la fenêtre.

— Je t'ai préparé un dossier, annonça-t-il de but en blanc en s'approchant du bureau. Tu l'étudieras avant le conseil d'administration de demain matin.

Rebecca prit la chemise qu'il lui tendait.

— C'est tout ? Même pas un bonjour ni une explication ?

Il lui lança un regard froid.

— Je ne te dois rien, Rebecca.

— Je vais bien, merci, dit-elle en ignorant sa remarque. Ou plutôt j'allais bien, jusqu'à hier… Et toi, comment vas-tu ? As-tu épousé la femme dont tu avais si commodément oublié de me parler à l'époque ?

— Oui.

Elle refoula ses larmes. C'était ridicule de souffrir encore, après tant de temps. Alejandro Arroyo Rivera de Ramirez, play-boy international et milliardaire, n'en valait pas la peine. Toutes les femmes lui couraient après. Il en serait toujours ainsi.

Elle-même n'avait pas fait exception, même s'il était plutôt désargenté alors et profitait de sa célébrité pour essayer de se faire un nom dans le monde des affaires. A ce moment-là, c'était elle qui était en position de force et jouissait de tous les privilèges. Cela ne l'avait pas empêchée de tomber amoureuse, et elle ne s'était jamais remise de la trahison d'Alejandro. Quel aveuglement…

— Nous avons divorcé, reprit-il. Les mariages arrangés ne marchent jamais comme on le souhaite.

— Tant mieux pour elle. Au moins, elle s'en est sortie.

— Comme toi ?

Rebecca laissa échapper un rire amer.

— Je n'ai pas eu le choix, Alejandro. Tu étais déjà fiancé.

— Non. Seulement lié par une promesse.

— Ne coupe pas les cheveux en quatre, protesta-t-elle. Tu t'apprêtais à te marier avec une autre quand tu m'as séduite.

— Tu t'es laissé faire avec plaisir, si je me souviens bien.

Une sensation de chaleur irrépressible fusa dans les veines de Rebecca.

— J'ai été stupide de ne pas voir ta vraie nature.

Il serra les mâchoires.

— Et quelle est ma vraie nature, *querida* ?

Elle eut envie de le gifler. Quelle morgue ! Comment osait-il la dépouiller de sa société sans même prendre la peine de se justifier ?

— Tu es un menteur et un escroc.

Elle se raidit quand il la prit brusquement par la taille pour la serrer contre lui. Puis, saisissant fermement son menton, Alejandro lui infligea un baiser dominateur. Aussitôt, le feu redoubla d'intensité sous la peau de Rebecca, incapable de résister au flot d'émotions contradictoires qui déferlait en elle.

Pourtant, comme mues par une volonté propre, ses mains se posèrent sur le torse d'Alejandro ; elle rassembla ses maigres forces pour le repousser. Il resta de marbre et raffermit la pression de sa bouche, l'obligeant à entrouvrir les lèvres.

Elle lutta encore un peu. Mais il sentait si bon… Et

elle avait tellement envie de ce baiser… De toute façon, il était trop tard. Leurs souffles se mêlaient et elle s'abandonnait déjà.

Avait-elle perdu la tête ? Elle se sentait affreusement partagée. Une part d'elle-même l'exhortait à se soustraire coûte que coûte au contact d'Alejandro, alors qu'une autre se souvenait de l'extase indicible qu'elle avait connue entre ses bras, du bonheur ineffable et de l'amour qu'elle avait cru trouver auprès de lui…

Elle enfouit la main dans ses cheveux tandis qu'il glissait les doigts sous son chemisier pour caresser ses seins sous la dentelle du soutien-gorge. Submergée par le désir, elle se raccrocha à ses épaules. S'il la déshabillait et la couchait là, à même le sol, elle succomberait sans la moindre hésitation. Oh, éprouver une fois encore cette incroyable sensation d'appartenance, même si ce n'était qu'une illusion !

Justement, il ne fallait plus céder au mirage…

A sa grande surprise, c'est Alejandro qui s'écarta le premier.

— Tu n'as pas changé, Rebecca. Toujours prête à t'offrir à la moindre occasion.

Il ne réussit pas à esquiver la gifle, mais partit d'un grand éclat de rire.

— Nous sommes aussi lucides l'un que l'autre, observa-t-elle avec une fureur mal contenue.

Avait-elle perdu toute dignité ? Heureusement, pour l'instant, la colère masquait sa honte et sa confusion. Comment avait-elle pu baisser la garde et se laisser prendre au dépourvu ?

— Si tu en as fini avec tes humiliations, j'aimerais aller me reposer à mon hôtel, ajouta-t-elle.

— Ta chambre est au premier étage.

Elle marqua une légère pause.

— Tu m'accueilles chez toi ? Est-ce bien raisonnable ? ironisa-t-elle le plus froidement possible.

— Je ne vais pas bloquer une chambre d'hôtel pour loger une employée.

Son mépris la brûla au fer rouge. Il avait feint la passion pour la rabaisser ensuite brutalement.

— Comme tu voudras. Mais ne t'avise plus de me toucher.

Un rictus se dessina sur la bouche d'Alejandro.

— Cela n'avait pas l'air de te déplaire. Aurais-tu oublié les merveilleux instants que nous avons passés ensemble ?

Elle redressa le menton d'un air de défi. Il lisait en elle comme dans un livre ouvert.

— Tu n'es pas le seul homme au monde à être un bon amant. Il suffit de savoir chercher.

— Vraiment ? questionna-t-il, mi-curieux, mi-amusé. Où cela ?

— Dans les palaces où ils rôdent avant de jeter leur dévolu sur de riches héritières, par exemple.

A l'imperceptible tressaillement de sa mâchoire carrée, Rebecca vit qu'elle avait fait mouche.

— Tu me traites de gigolo ?

— Tu devras peut-être renouer avec tes habitudes si tes affaires périclitent.

Il se contenta d'éclater de rire et appuya sur l'Interphone.

— La *señora* Flora va te montrer ta chambre. Et ne t'inquiète pas : je ne céderai pas à tes regards suppliants.

— J'ignore ce que tu crois lire dans mes yeux, lança-t-elle en se raidissant, mais tu te trompes. C'est de la haine, pas autre chose.

— Tu mériterais une autre leçon.

— Tu as profité de ma fatigue. Mais je réagirai différemment la prochaine fois, quand je serai remise du décalage horaire.

*
* *

Alejandro rentra tard à la villa, après avoir passé l'après-midi dans son bureau du centre-ville. Il ôta son veston et desserra son nœud de cravate. Puis, sur le point de se servir un verre, il changea d'avis et enfila un maillot de bain. Il avait besoin d'exercice physique pour dissiper la tension qui l'habitait.

Il ne s'attendait pas à réagir aussi violemment au contact de Rebecca Layton. Même si c'était purement physique, cela l'ennuyait. En dépit de tous ses efforts, il n'avait jamais réussi à oublier tout à fait le mois torride qu'il avait passé avec elle cinq ans plus tôt. Tout lui plaisait chez cette femme, son odeur, sa manière de le regarder, et jusqu'aux expressions amusantes de la langue américaine, si différente de l'anglais britannique qu'il avait appris.

Il en était tombé amoureux au point de vouloir l'épouser contre la volonté de son père. Contrairement à ce qu'il venait de lui dire, aucune promesse ne le liait vraiment. C'était son frère qui devait se marier avec Caridad Mendoza, pas lui. Mais Roberto était mort d'une overdose dans un bouge du Moyen-Orient.

Ce qui, en soi, n'avait rien changé à la situation d'Alejandro.

Après des années de lutte dans l'arène pour conquérir la gloire et une place au soleil, il avait enfin trouvé la femme qui lui convenait en la personne de Rebecca Layton, et un vaste horizon s'offrait à lui. Mais elle l'avait trahi. Un ancien torero, nouveau venu dans le monde des affaires, n'était sans doute pas assez chic pour une riche héritière comme elle. En dépit de ses serments d'amour, sa maîtresse n'avait pas eu envie de partager sa vie. Elle avait même tenté de lui voler son avenir professionnel.

Il ne lui ferait jamais payer assez cher sa trahison. Sa mainmise sur Layton International n'était qu'un début. Il avait agi avec une prudence extrême. Après plusieurs années de préparation, le moment était enfin venu de triompher définitivement. Rebecca Layton regretterait amèrement le jour où leurs chemins s'étaient croisés.

Alejandro ouvrit les portes-fenêtres et fit quelques pas sur les dalles en terre cuite avant de plonger dans l'eau turquoise. La fraîcheur effacerait peut-être le souvenir de leur baiser brûlant… Pourquoi avait-il cédé à l'impulsion ? D'un seul coup, des souvenirs doux-amers étaient remontés à la surface et il avait bien failli la déshabiller pour lui faire l'amour là, dans son bureau.

— Qu'est-ce que c'est que cette histoire ? lança soudain la voix de Rebecca.

Alejandro toucha le bout du bassin et revint en arrière, jusqu'à l'endroit où elle se tenait, une liasse de papiers à la main. Un bandeau rouge, assorti à sa robe bain-de-soleil, retenait en arrière ses jolies boucles. Elle était pieds nus, avec un délicat bracelet de coquillages blancs autour de la cheville.

Là aussi, autrefois, il avait posé les lèvres…

Il se ressaisit brusquement.

— Je veux arrêter les activités les moins lucratives de Layton.

— Tu n'as tout de même pas l'intention de vendre l'immeuble de New York ?

— Si. Il est en mauvais état et coûte plus cher en entretien qu'il ne rapporte.

Rebecca froissa une feuille entre ses mains.

— Pourquoi me hais-tu à ce point ? demanda-t-elle faiblement.

Il faillit s'émouvoir de sa voix mal assurée. Mais c'était une ruse. Il ne fallait surtout pas s'y laisser prendre. Heureusement, il la connaissait…

— Tu sais très bien pourquoi, répondit-il. Tu m'as bassement utilisé pour obtenir des informations confidentielles. Tu as couché avec moi dans le seul but de te renseigner sur mes négociations avec Cahill. Les Entreprises Ramirez ont frisé la faillite à cause de toi.

Quand le groupe Cahill lui avait retiré leur soutien financier, cela avait porté un rude coup à sa société, qui démarrait juste. Mais il avait subi des préjudices personnels plus graves encore, et dû faire des sacrifices douloureux — qu'il n'avait pas du tout envie d'évoquer…

Rebecca pencha la tête sur le côté, les yeux perdus dans le vague. Puis elle croisa les bras en lui jetant un regard furieux.

— Tu dis n'importe quoi !

Il ne répondit pas. Cette femme n'avait aucune conscience des difficultés qu'il avait rencontrées. A elle, on avait toujours tout servi sur un plateau d'argent. Jamais elle n'avait eu à se battre, comme lui. Mais aujourd'hui il tenait sa revanche !

Quand il se hissa sur le bord de la piscine, Rebecca, instinctivement, recula d'un pas. Lui-même dut se détourner pour ne pas qu'elle remarque combien la bosse qui déformait son maillot trahissait son désir.

— Tu n'es tout de même pas devenu majoritaire au conseil d'administration dans le seul but de me dépouiller de tous mes hôtels ?

Il attrapa une serviette pour se sécher.

— Non, pas de tous. Seulement de ceux qui ne rapportent pas assez, *querida*.

— La Belle Amélie est le premier que mon père a ouvert après son mariage. Il lui a donné le nom de ma mère.

Rebecca avait l'air désolée. Il détestait la voir ainsi, triste et malheureuse. Mais il devait se méfier. Elle savait si bien le manipuler…

— Tant pis, trancha-t-il.

Elle eut un rire amer.

— Quand je pense…

S'interrompant brusquement, elle redressa le menton avec fierté.

— Je le rachèterai. Donne-moi seulement quinze jours pour réunir les fonds.

— Qu'est-ce que tu allais dire ?

— C'est sans importance.

Elle recula encore, peut-être pour échapper à la tension sexuelle qui chargeait l'air d'électricité. Alejandro avait presque l'impression d'être dans l'arène, prêt à se battre sans pitié pour triompher de l'adversaire.

— Pourquoi es-tu partie, Rebecca ? demanda-t-il à brûle-pourpoint.

— Parce que j'ai découvert que tu étais fiancé. A ce moment-là, j'ai compris que tu n'avais aucun honneur.

Une douleur violente lacéra le cœur d'Alejandro.

— Comment oses-tu douter de mon honneur quand c'est toi qui es partie à Londres pour me voler l'appui financier de Cahill ? Tu as détruit en quelques heures des mois de négociations. Non, je ne te vendrai jamais La Belle Amélie !

Il inspira profondément pour maîtriser sa rage.

— De toute façon, je le démolirai. Tu n'auras plus que des ruines.

Elle resta silencieuse, toute tremblante. Il s'attendait à tout, à n'importe quelle réaction : de la colère, des larmes, peut-être même une tentative de séduction. Mais pas à de la violence physique.

2.

Tout dérapa quand elle voulut pousser Alejandro dans l'eau pour le punir de son insupportable arrogance. Ce dont il l'accusait était tout simplement absurde. D'ailleurs, dès qu'elle aurait regagné sa chambre, elle appellerait Roger Cahill pour en avoir le cœur net.

Cependant, rien ne se passa comme prévu. Sans doute avait-elle préjugé de ses forces… Non seulement elle ne réussit pas à faire bouger Alejandro d'un pouce, mais ce fut elle qui perdit l'équilibre. Sa tête heurta le bord du bassin et elle coula. De surprise, elle ouvrit la bouche pour reprendre sa respiration, mais s'étouffa en avalant de l'eau chlorée. Il fallait remonter très vite à la surface. Malheureusement, ses jambes refusaient de lui obéir.

Allait-elle périr noyée dans la piscine d'Alejandro ? Quelle ironie ! Juste au moment où cette pensée traversait son esprit, elle reprit conscience en toussant violemment, la nuque soutenue par les mains d'Alejandro.

— *Querida*, parle-moi ! la pressa-t-il rudement.

La gorge en feu, elle réprima un sanglot en pinçant les lèvres. Il n'était pas question de montrer sa faiblesse devant cet homme.

— Rebecca, *amor*, dis-moi quelque chose. Même une insulte.

— Imbécile ! Monstre bouffi d'orgueil, articula-t-elle d'une voix faible.

— Me voilà rassuré, plaisanta-t-il.

Quel bonheur de retrouver son sourire… Une larme coula sur sa tempe. Elle était là depuis quelques heures à peine et, déjà, tout son être réclamait de retourner à leur histoire ancienne. Mais elle devait l'oublier. Ce n'était pas un homme pour elle. Il s'était servi d'elle, exactement comme Parker Gaines.

Pendant qu'Alejandro explorait doucement les os de son crâne, elle sentit son souffle sur sa peau, comme une caresse, et frissonna.

— Tu auras juste une petite bosse. Rien de méchant.

Elle plongea un regard implorant dans le sien.

— Vends-moi cet hôtel, Alejandro. Il représente tant pour moi ! Mes parents l'ont construit ensemble. Mon père lui a donné un nom français pour faire plaisir à ma mère, à qui Paris manquait terriblement. Il reste toutes sortes de souvenirs à l'intérieur.

— Très bien. Tu pourras récupérer les bibelots puisque tu y attaches une telle valeur sentimentale.

— Je t'en prie, le supplia-t-elle, la gorge serrée. C'est là-bas que je suis née…

Alejandro contempla longuement les courbes de son corps sous la robe mouillée qui collait à sa peau. Puis il posa une main sur son genou et remonta le long de sa cuisse, jusqu'à la hanche.

— Jusqu'où irais-tu, *bella*, pour me convaincre ?

Il semblait guetter intensément le moindre signe, comme si un geste, un mot, risquait de déclencher un cataclysme. Lentement, il se pencha pour poser les lèvres sur sa gorge, à l'endroit où son pouls battait.

— Tu en as envie, murmura-t-il.

Autrefois, elle aurait acquiescé avidement et se serait offerte à lui — d'ailleurs, une part d'elle-même le désirait encore. Mais c'était devenu impossible désormais.

— Non, murmura-t-elle.

Il releva la tête avec une expression incrédule et, en s'armant de tout son courage, elle en profita pour le repousser. Puis elle se redressa sur un coude et parvint à s'asseoir.

— Je te rachèterai cet hôtel sans m'abaisser à coucher avec toi, Alejandro.

— Comme tu as changé ! railla-t-il. Tu n'avais pas des principes aussi stricts, il y a cinq ans.

— Tu n'as pas de leçons de morale à me donner alors que tu m'as caché l'existence de ta fiancée…

Alejandro se mit debout.

— Tu n'étais pas très honnête toi-même sur les raisons de ta présence à la Villa de Musica.

Elle secoua la tête doucement.

— Tu es vraiment incroyable ! Tu m'accuses de t'avoir volé alors que tu te servais de moi pour t'implanter à l'étranger…

— Quoi ? !

Rebecca se releva à son tour, mais trop vivement car un vertige la prit et elle chancela. Alejandro l'aida à se stabiliser.

— Merci, dit-elle en se dégageant. Nous discutions sans arrêt, toi et moi, Alejandro. Tu m'interrogeais sur les moindres détails de mon métier. Je t'ai dit tout ce que je savais. C'est toi qui t'es servi de moi.

Il la lâcha tout à fait.

— Je n'avais pas besoin de toi pour réussir, Rebecca. D'ailleurs, je l'ai prouvé en rachetant Layton International, tu ne crois pas ?

— Tu as eu de la chance.

Il avait tout simplement profité des erreurs de son père, qui avaient fragilisé l'entreprise. Son succès ne tenait pas à autre chose. Avec un frisson, elle ajouta :

— Accorde-moi quelques jours. Je serai en mesure de te faire une offre convenable pour La Belle Amélie.

— Tu pourras récupérer les meubles et les objets auxquels tu tiens, mais l'hôtel n'est pas négociable.

— Tu serais prêt à discuter si j'acceptais de coucher avec toi ?

Il se mit à rire.

— Non. Je t'ai juste demandé jusqu'où tu irais. Je n'ai pas dit que j'accepterais.

Elle ramassa furieusement les pages du dossier.

— Si j'avais dit oui, nous serions déjà au lit tous les deux.

— Je ne résiste pas à la tentation. Comme beaucoup d'hommes, je pense.

— Hélas ! J'aurais dû me méfier et m'en tenir aux histoires qui couraient sur tes innombrables conquêtes féminines. Cela m'aurait évité bien des ennuis.

Il lui lança un regard circonspect.

— La presse raconte beaucoup de mensonges. Si j'avais séduit autant de femmes que le disent les journalistes, je n'aurais jamais été en état de toréer car trop épuisé.

— Cela ne t'a pas empêché de fréquenter deux femmes en même temps. Peut-être plus ?

Pendant des années, Rebecca avait regretté de ne pas avoir eu de véritable explication avec lui. Aurait-il nié ? Lui aurait-il présenté des excuses si elle lui en avait donné l'occasion ?

— Tu étais la seule. Il n'y en avait pas d'autre.

— Ne mens pas, tu étais fiancé ! protesta-t-elle, un nœud douloureux dans la gorge.

— Non.

— Tu l'as pourtant épousée.

— A cause de toi. Parce que tu m'avais trompé.

— C'est faux !

— Tes dénégations ne changent rien à la réalité. La banque Cahill m'a retiré son financement pour investir dans

Layton International. J'en ai été informé personnellement.

Rebecca essaya de se rappeler précisément comment les choses s'étaient passées. En quittant l'Espagne, elle s'était rendue à Londres pour rencontrer Roger Cahill, sur les conseils de son père. Dans leurs entretiens, jamais il n'avait été question des Entreprises Ramirez.

— Roger travaillait à un projet d'investissement en Amérique du Sud. Notre histoire n'a joué aucun rôle dans ses choix.

— Je ne suis pas si naïf ! s'esclaffa Alejandro. On a cherché à me neutraliser en m'empêchant de m'implanter à l'étranger.

— Non, dit-elle doucement. Tu te trompes. Tu n'avais pas tant d'importance à l'époque...

Les Entreprises Ramirez ne concurrençaient pas véritablement Layton International. Cependant, Alejandro, piqué au vif, ne lui laissa pas le temps de s'expliquer.

— Je sais, je n'étais pas assez bien pour toi ! lança-t-il. Je comprends ce que tu veux dire, *querida*. Il t'en a coûté d'user de tes charmes pour me berner ! Mais tu l'as fait avec beaucoup de naturel. En tout cas, ne t'inquiète pas, je ne poserai plus jamais la main sur toi. Dieu merci, il y a beaucoup d'autres femmes qui réclament mes attentions.

— J'ai couché avec toi parce que j'en avais envie. C'est la seule raison !

— Tu ne réussiras pas à me convaincre.

Blessée dans son orgueil, Rebecca recula d'un pas. Comment pouvait-il la rabaisser ainsi, la considérer comme une vulgaire prostituée ?

— Je t'aimais, Alejandro. Je...

— *Silencio !* coupa-t-il brutalement. Assez de mensonges pour ce soir. Je suis parfaitement lucide sur la comédie que tu as jouée avec moi.

Il noua sa serviette autour des reins et se tint devant elle, les poings sur les hanches, menaçant.

— Inutile de revenir sur le passé, Rebecca. Désormais, cette histoire est loin derrière. Tu devrais plutôt t'inquiéter de ton avenir, maintenant que Layton International m'appartient.

Quand Flora l'informa que le petit déjeuner était servi sur la terrasse, Rebecca décida de rester enfermée dans sa chambre. Elle se sentait incapable de supporter la compagnie d'un homme qui l'accusait de tant de vilenies.

Sa naïveté avait été bien punie. Comment avait-elle pu tomber amoureuse aussi vite, et surtout en faire l'aveu aussi innocemment ? Elle s'était même persuadée qu'Alejandro partageait ses sentiments…

Jusqu'au jour où un maître de cérémonie avait sonné à la porte pour discuter de l'organisation du mariage d'Alejandro, avec des échantillons de tissu et des modèles de menus et d'invitations. Et il osait nier qu'il avait été fiancé à cette époque !

C'était elle la dupe. Elle qui avait souffert et dont le cœur avait été brisé, piétiné. Une mauvaise expérience lui avait pourtant précédemment appris qu'elle était une proie intéressante pour les chasseurs de dot et les espions industriels. Mais elle ne s'était pas méfiée. Comment Alejandro osait-il maintenant l'accuser de l'avoir trahi ? C'était le monde à l'envers !

Il fallait téléphoner à Roger Cahill pour comprendre ce qui s'était passé. En attendant, il lui semblait impossible de partager l'intimité d'un petit déjeuner avec Alejandro.

La faim eut pourtant raison de ses réticences. Après avoir noué ses cheveux en chignon, elle cacha ses cernes derrière des lunettes noires et se drapa dans sa dignité pour descendre au rez-de-chaussée. Elle traversa un immense salon, meublé de tables en marqueterie sur des tapis anciens, avec un très haut plafond à poutres apparentes.

Plusieurs tableaux de maîtres étaient accrochés aux murs : une madone de Bellini, un dessin de Picasso, une huile de Vélasquez. Alejandro était devenu immensément riche pour posséder à présent tous ces trésors.

Il était déjà installé à table, en train de téléphoner en castillan. Le majordome s'approcha à la rencontre de Rebecca pour lui tenir sa chaise et lui offrir du café.

— Tu as bien dormi ? s'enquit Alejandro en reposant son portable.

Elle se contenta de hocher la tête et entreprit de beurrer un toast pour se donner une contenance.

Tout à coup, sans même savoir ce qu'il faisait, Alejandro se leva, ôta la grosse épingle de son chignon et enfouit les doigts dans ses cheveux.

— Alejandro…

— Chut.

Il avait le geste doux et sûr, exactement comme dans son souvenir. Elle ferma les paupières.

— Aïe, dit-elle en rouvrant brusquement les yeux.

— Ce n'est rien. Juste une petite bosse, comme prévu.

L'incident de la piscine affleura à la mémoire de Rebecca, ranimant sa colère et ses résolutions.

— Ne me touche pas, s'il te plaît !

Il lui enleva ses lunettes noires pour scruter son visage.

— Toi, tu as passé une mauvaise nuit.

Elle réussit à les reprendre et les remit sur son nez.

— Rassure-toi, tu n'y es pour rien ! lança-t-elle. C'est juste l'effet du décalage horaire. J'étais à Hawaii hier, à New York avant-hier… Tu aurais pu m'accorder un peu de répit.

Il se rassit avec un haussement d'épaules.

— Les affaires sont les affaires.

— Tu ne perds pas de temps dès qu'il s'agit de faire du profit…

— Absolument, acquiesça-t-il avec raideur. Dépêche-toi

de manger, nous partirons tout de suite après. Affûte tes armes si tu veux sauver les ruines de Layton International.

Rebecca reposa son toast. Elle n'avait plus faim.

— Ta victoire te fait jubiler, n'est-ce pas ?

— Vous n'avez pas idée, *señorita* Layton…

Il leur fallut une heure pour arriver au siège des Entreprises Ramirez, un immeuble de verre et d'acier en plein cœur du quartier financier de Madrid.

Dès qu'ils sortirent de la limousine, une armée de journalistes et de photographes les assaillit et Rebecca figea aussitôt sur ses traits son masque de personnage public. Avec un père richissime et une mère très mondaine, elle avait l'habitude de ce genre de situations. Quant à Alejandro, c'était une gloire nationale qui suscitait toujours l'attention.

— *Señor* Ramirez… *Señor* Ramirez !

Comme son nom fusait de toutes parts, Alejandro s'immobilisa avec un large sourire et fit face à la meute des journalistes.

— Des rumeurs vous accusent d'avoir corrompu l'administration de Dubaï, commença un reporter allemand avec un fort accent anglais. Pouvez-vous nous en dire quelques mots ?

— Elles sont fausses et sans fondement, naturellement, dit-il sans se départir de son sourire. J'ai un permis de construire en bonne et due forme. A présent, si vous voulez bien m'excuser, mes affaires m'attendent.

Il jeta un regard en arrière.

— Miss Layton ? lança-t-il, plus comme un ordre que comme une invitation.

— Rebecca Layton ? demanda quelqu'un. De Layton International ?

— J'ai racheté la société, comme vous l'avez sans doute

appris dans la presse économique, reprit Alejandro. Miss Layton est ici pour procéder à la passation de pouvoir.

— Mademoiselle, une déclaration ?

Alejandro lui lança un regard d'avertissement, mais elle décida de passer outre.

— Je ne vous cacherai pas mon mécontentement. Nos palaces jouissent d'une réputation d'excellence depuis plus d'un demi-siècle. Nous n'avions pas l'intention de cesser nos activités.

Une voix s'éleva au-dessus des autres :

— Soupçonnez-vous des irrégularités de la part de votre rival ?

Rebecca haussa les sourcils, avec une expression à la fois vulnérable et innocente.

— Non… Je ne crois pas. Le marché de la finance internationale est strictement réglementé. Même si les motivations de M. Ramirez ne sont pas très morales, il a certainement agi dans le respect de la loi.

Alejandro la saisit par le coude pour la conduire à l'intérieur.

— Ce sera tout, lança-t-il à la cantonade.

Rebecca réprima un sourire en le suivant jusqu'à l'ascenseur, sur un sol dallé de marbre noir.

— Qu'est-ce qui t'a pris ? lança Alejandro quand les portes se refermèrent. Que veux-tu insinuer ?

— Je n'ai pas mis en doute la légalité de tes actes. Seulement leur moralité…

— Tes propos risquent de nous coûter une baisse d'indice à la Bourse.

— Tu t'en sortiras, je ne me fais pas de souci à ton sujet.

Le cœur battant, elle continua, faussement désinvolte :

— Que voulait dire ce journaliste allemand ? As-tu acheté la complicité de hauts fonctionnaires à Dubaï ?

— Crois-tu que je l'admettrais si c'était le cas ?

Les mots sortirent tout seuls, sans qu'elle puisse les retenir :

— Finalement, ta réussite tient peut-être davantage à de basses manœuvres qu'à des compétences ou du savoir-faire…

Il lui lança un regard dur.

— Cela t'arrangerait de t'en persuader. Mais non. Contrairement à toi, c'est le fruit de mon travail qui m'a conduit là où je suis.

Rebecca garda le silence. Que répondre à cela ? De l'extérieur, sa vie de riche héritière paraissait facile, toute tracée. Pourtant, il n'en avait jamais été ainsi. Elle avait dû fournir bien des efforts et consentir de nombreux sacrifices pour convaincre son père qu'elle avait autant de valeur qu'un garçon. Mais qui le comprendrait ? Probablement personne. Pas Alejandro en tout cas.

— Tu n'oses rien dire parce que ton destin est entre mes mains, reprit-il, narquois. Tu me ménages en cachant ta vraie nature…

Elle se raidit.

— De toute façon, je n'ai aucune illusion sur mes marges de manœuvre. Tu as déjà pris ta décision. Mon sort est réglé.

Elle était à sa merci. Il avait le pouvoir de la renvoyer à New York sans autre forme de procès. Sans doute n'aurait-elle pas dû le provoquer devant les journalistes, mais elle avait hâte de mettre un terme à ce cauchemar.

— Finissons-en le plus vite possible, ajouta-t-elle avec un soupir de lassitude.

— Sans préliminaires ? répliqua-t-il, la voix lourde de sous-entendus. Pourquoi pas ? J'aimerais pourtant te laisser une chance de plaider ta cause devant mon conseil d'administration.

— A quoi bon ? Ils se rangeront tous à tes côtés.

— Peut-être.

Il sortit son assistant numérique de sa poche et s'absorba dans la lecture de l'écran. Dans l'air, la tension sexuelle retomba d'un coup. Pourtant, Rebecca avait vu l'étincelle de désir au fond de ses yeux. Comment faisait-il pour tout désamorcer aussi vite ? Etait-ce une ruse de plus ?

Des images revinrent brusquement à sa mémoire. La cicatrice d'un coup de corne barrant son torse, ses épaules musclées, son sexe dressé… Et son expression extatique lorsqu'elle s'empalait sur lui.

Il l'accusait de l'avoir instrumentalisé et d'avoir couché avec lui par intérêt alors qu'elle l'avait sincèrement aimé, de toute son âme. Pourquoi ne la croyait-il pas ?

Son costume d'homme d'affaires ne ressemblait en rien à l'habit de lumière qu'il avait autrefois revêtu dans l'arène pour combattre le taureau. Mais derrière l'apparence, l'homme était le même, capable de regarder la mort en face, d'affronter sans frémir les dangers les plus redoutables.

Après l'avoir quitté, Rebecca avait passé toute une période à collecter les enregistrements de ses combats pour les visionner. Elle retenait son souffle quand le taureau chargeait, admirait les passes de *muleta*, serrait les poings quand Alejandro se hissait sur la pointe des pieds avant de plonger, l'épée en avant. Ce spectacle lui avait toujours paru barbare ; il recelait néanmoins une beauté certaine.

Tout comme Alejandro…

Elle ferma les paupières en repensant à la chaleur de son corps, à leurs jambes emmêlées dans les draps. Pourquoi cette merveilleuse histoire s'était-elle si mal terminée ? Depuis que ses rêves d'amour éternel s'étaient fracassés, elle avait terriblement changé, dépouillée de ses certitudes en la matière.

L'ascenseur s'immobilisa et ils pénétrèrent dans un vaste bureau, confortablement meublé d'un canapé et de fauteuils en cuir disposés devant une bibliothèque. Alejandro alla immédiatement s'asseoir à sa table de travail. Rebecca contempla la vue par une immense baie vitrée. Dans le lointain, on apercevait les deux tours de la Puerta de Europa, perchées au-dessus du Paseo de Castellana. Plus près, le stade Santiago Bernabéu, où les Madrilènes acclamaient leur équipe de football, se découpait sur le bleu du ciel.

— La réunion se tient dans une heure. Tu as un peu de temps pour te préparer.

Il appuya sur l'Interphone et une jolie jeune femme apparut aussitôt.

— Accompagnez miss Layton dans un bureau, Maria, je vous prie.

Une fois installée, Rebecca appela Roger Cahill ; il était absent jusqu'au lendemain. Ensuite, elle sortit ses dossiers et son ordinateur portable pour se mettre au travail.

Quand on vint la chercher, elle était prête. Elle redresserait la situation en six mois si on lui accordait ce délai. Certes, il lui en coûtait de s'abaisser à expliquer sa stratégie, mais elle n'avait pas le choix. Il lui fallait étayer ses défenses si elle voulait reprendre en main l'entreprise familiale.

Malgré tout, la réunion se déroula comme elle l'avait prévu. Les membres du conseil d'administration se rangèrent tous à l'avis d'Alejandro. S'il décidait de démanteler Layton International, il en avait parfaitement le droit.

Rebecca avançait en terrain miné. Techniquement, elle conserverait le titre de directeur général seulement si Alejandro y consentait. Et il n'était pas disposé à lui accorder cette faveur. Pour le moment, il faisait traîner les choses en longueur, pour le simple plaisir de la torturer.

Comment en était-elle arrivée là ? Elle aurait dû se méfier, anticiper... Son père, lui, ne se serait jamais laissé surprendre.

Rebecca ferma les yeux et se pinça l'arête du nez

entre le pouce et l'index, geste machinal qu'elle faisait souvent pour relâcher un trop-plein de tension. Elle inspira profondément. Non, personne n'aurait pu prévoir ce qui arrivait. Même pas son père. En attendant, elle devait faire tout son possible pour préserver l'entreprise et les gens qui y travaillaient.

— Pourquoi m'as-tu imposé cette épreuve ? demanda-t-elle avec un mélange de frustration et de colère dès qu'ils eurent regagné le bureau d'Alejandro.

Alejandro haussa les épaules d'un air désinvolte.

— Tu peux toujours démissionner si tu n'es pas contente.

Rebecca fit glisser la fermeture Eclair de son porte-documents.

— Je retourne travailler à New York.

Alejandro allongea les jambes en jouant distraitement avec son stylo.

— Tu es sous mes ordres, maintenant. Tu partiras uniquement si je le décide.

— Je ne t'appartiens pas, protesta-t-elle dans un souffle.

— Oh, mais si !

Il ne lui épargnerait donc aucune humiliation…

— Je me demande ce que j'ai bien pu te trouver, murmura-t-elle.

Cette remarque à mi-voix attisa la curiosité d'Alejandro qui se leva, les yeux brillants. Rebecca tressaillit.

— Que vas-tu faire ? M'embrasser ? questionna-t-elle sourdement.

— Cela te plairait, *querida* ? Ma bouche contre la tienne ?

— Non !

— Ton corps dit le contraire, chuchota-t-il en effleurant sa joue du bout des doigts.

Elle ne broncha pas ni ne bougea. De toute façon, où

serait-elle allée ? Il avait beau l'écraser de tout son pouvoir, il ne contrôlerait jamais ni sa personnalité ni ses sentiments. Même s'il l'embrassait, elle resterait de marbre.

— Tu rougis, Rebecca, observa-t-il en la scrutant intensément.

Il se rapprocha encore, envahissant tout l'espace.

— Je vois la pointe de tes seins durcir.

— Pas du tout, protesta-t-elle en résistant à l'envie de baisser les yeux pour vérifier.

Un sourire sensuel se dessina sur les lèvres d'Alejandro.

— Ce genre de signes n'échappe jamais à ma sagacité. Ton cœur bat très fort. Tu ressembles à un petit animal apeuré.

— Ecarte-toi. Tu es beaucoup trop près.

Sourd à ses protestations, il la coinça contre la table en se serrant contre elle.

— Tu ne peux pas me résister.

— Tu te trompes, Alejandro. Je te hais !

Pourtant, insensiblement, elle se mit à trembler. Une sensation presque douloureuse s'éveilla au cœur de sa féminité, l'inondant peu à peu d'une chaleur diffuse.

— *Sí.* Je sens cette haine terrible, ironisa-t-il. Cela me fait peur.

Quand il se pencha vers elle, Rebecca ferma les paupières. Ses résolutions ne tiendraient pas. Elle était trop fragile, trop vulnérable. Alejandro émit un petit ricanement triomphant.

Non !

Sans savoir comment, elle trouva la force de lever les mains pour le repousser. Au même moment, la sonnerie de l'Interphone retentit et Alejandro jura en espagnol.

— *Sí* ? répondit-il méchamment.

Rebecca en profita pour s'éclipser. Elle repartirait à New York le plus vite possible, pour mettre quelques milliers de kilomètres entre cet homme et elle. Elle avait les doigts sur la poignée de la porte quand une main se referma sur son épaule. Elle se retourna, acculée.

— Tu ne t'échapperas pas une nouvelle fois, Rebecca. Cette fois-ci, c'est moi qui commande, *comprendes* ?

Glacée d'effroi, elle prit cependant un air indigné.

— Je vais à l'aéroport, Alejandro. Je n'ai rien à faire ici.

— Si tu passes cette porte, tu t'en repentiras. Je détruirai Layton International. Entièrement. Tes employés seront au chômage, tes hôtels démolis jusqu'à la dernière pierre, ta carrière anéantie. J'userai de mon influence pour que personne ne t'accorde aucune aide. Tu ne retrouveras jamais de situation. Si tu franchis ce seuil, tout est fini pour toi.

Déstabilisée par la violence de sa colère, Rebecca n'osa pas le provoquer. Elle avait peur, pas tant pour elle que pour tous ceux qui travaillaient dans l'entreprise et qui dépendaient d'elle pour leurs salaires.

— Que veux-tu exactement ?

Il garda le silence si longtemps qu'elle se demanda s'il avait bien entendu la question. Elle s'apprêtait à la répéter quand il lui répondit enfin.

— Tu le sauras le moment venu. Va-t'en, maintenant. Laisse-moi.

3.

Les yeux rivés sur les lumières de Madrid, Alejandro réfléchissait à la question que lui avait posée Rebecca. Les problèmes de Dubaï auraient dû accaparer son attention. Pourtant, il n'arrivait pas à chasser son ancienne maîtresse de son esprit.

Il se servit un verre de porto et but une gorgée.

Qu'elle aille au diable ! C'était à cause d'elle qu'il avait épousé Caridad. Il n'aurait jamais consenti à ce mariage si Rebecca ne l'avait pas quitté après l'avoir arnaqué.

Il n'avait pas agi seulement pour des raisons pécuniaires. Même après la défection de la banque Cahill, il aurait pu s'en sortir sans l'aide de la famille de Caridad. Mais la trahison de Rebecca lui avait ouvert les yeux sur la vanité des émotions et des sentiments. Pendant son enfance, la mésentente chronique de ses parents et leurs conflits incessants l'avaient pourtant instruit sur le sujet ; pourtant, le charme naïf de Rebecca l'avait subjugué. Il avait même rêvé de fonder une famille avec elle. Quel idiot !

Un après-midi, en rentrant dans sa suite, à l'hôtel, il avait découvert un maître de cérémonie à l'air sévère qui l'attendait. Rebecca était déjà partie. Il avait vite compris ce qui s'était passé…

Les mariages arrangés n'étaient plus de mise en Espagne, mais le vieux Juan Ramirez avait profité de la faiblesse de son fils aîné pour lui imposer ses choix. A l'époque, jamais il n'aurait tenté la même chose avec Alejandro… Mais, après la mort de Roberto, son père l'avait pressé d'épouser Caridad Mendoza. D'autant que le père de cette dernière avait prêté de grosses sommes d'argent à Juan, qui espérait s'acquitter de ses dettes en offrant à sa belle-fille et à la famille Mendeza la célébrité de son deuxième fils.

Dans un premier temps, Alejandro avait refusé catégoriquement — le moment était de toute façon très mal choisi. Puis son père avait accentué la pression. Après le départ inattendu de Rebecca, Alejandro avait remué ciel et terre pour la retrouver. Son téléphone portable était d'abord resté muet, mais elle avait fini par décrocher, deux jours plus tard, à Londres. Devant sa froideur et sa distance, il s'était mis en colère : de quel droit exigeait-elle une explication ? Il lui avait juré qu'il n'était pas fiancé, elle n'avait aucune raison de douter de sa parole.

Evidemment, elle ne l'avait pas cru. D'autant que cela lui fournissait un bon prétexte pour le quitter, comme elle en avait l'intention depuis le début de leur histoire. Dès le lendemain, Roger Cahill l'avait informé qu'il donnait la faveur à Layton International.

Rebecca ne l'avait jamais aimé. Elle s'était simplement servie de lui.

Profondément humilié, dégoûté de l'amour à tout jamais, Alejandro avait finalement accepté d'épouser Caridad. Pourquoi se serait-il obstiné ? Issue d'un excellent milieu social, elle jouissait d'une bonne éducation et d'une grosse fortune : elle ferait une épouse idéale et une mère parfaite. Malheureusement, il s'était trompé. Caridad s'était montrée froide et insensible et il avait énormément souffert, sombrant dans des abîmes de désespoir qui lui avaient laissé le cœur en lambeaux.

Tout avait mal tourné à cause de Rebecca, dont le départ avait complètement bouleversé le cours de son existence. Il s'était alors promis de se venger et de lui faire payer les malheurs qu'elle lui avait occasionnés.

Voilà ce qui l'attendait et qu'il lui annoncerait le moment venu.

Rebecca errait comme une âme en peine dans la vaste demeure d'Alejandro. Il était un peu plus de 22 heures. Pas un bruit ne troublait le silence. En passant devant le bureau, elle constata qu'une petite lampe était allumée ; elle entra, avec l'espoir de trouver quelque chose à lire dans la bibliothèque.

Elle étudia les titres avec intérêt. Que lisait Alejandro ? Elle ne s'était encore jamais posé la question. En fait, elle le connaissait mal, d'autant qu'il avait beaucoup changé au cours des cinq dernières années.

Le mélange de haine et de fureur qui l'habitait la déconcertait. Même s'il avait eu raison au sujet de Cahill, ce qui n'était pas le cas, cela n'aurait pas suffi à justifier sa hargne. La vie était pleine d'injustices, surtout dans le monde cruel des affaires. Combien de fois avait-elle eu envie de se révolter devant l'iniquité de son propre sort ? Elle avait hérité bien trop tôt de lourdes responsabilités quand le petit avion de son père s'était écrasé dans la jungle thaïlandaise, alors qu'il effectuait une tournée d'inspection de ses hôtels.

Il n'aurait servi à rien de se lamenter. Vaillamment, elle avait retroussé ses manches pour se mettre au travail.

La plupart des livres d'Alejandro étaient en espagnol. Il y avait *Don Quichotte*, bien sûr, mais aussi une traduction du *Comte de Monte-Cristo.* Tout à coup, un album photo attira son attention. Elle l'ouvrit. Et dut s'asseoir pour ne pas tomber.

Une petite fille aux cheveux noirs et aux yeux gris souriait à l'objectif. Le portrait craché d'Alejandro… Le cœur serré, Rebecca faillit se mettre à pleurer en tournant les pages.

Une autre photo arrêta son regard. Tout bronzé, Alejandro se tenait sur une plage, avec celle qui ne pouvait être que sa fille dans ses bras.

Machinalement, Rebecca serra le poing et se mit à mordiller une phalange repliée, tandis qu'une jalousie épouvantable la lacérait. « Tant pis pour toi. C'est ta faute puisque tu es partie », lui chuchota une petite voix intérieure.

Certes elle l'avait quitté, mais seulement parce qu'elle avait découvert qu'il était fiancé… « Il disait que c'était faux, tu ne lui as laissé aucune chance de s'expliquer. »

Elle secoua la tête. Les faits ne permettaient aucun doute : il avait épousé cette femme et avait eu un enfant avec elle.

Rebecca continua à feuilleter l'album. C'étaient surtout des photos de l'enfant. De temps en temps on voyait une femme. Elle avait l'air sévère et ne souriait jamais. Une nounou, peut-être ? Non, la ressemblance, là encore, sautait aux yeux. C'était la mère de la petite fille. Comme elle paraissait revêche ! Alejandro et cette femme n'avaient pas été heureux ensemble, cela se voyait. Même si l'enfant en avait certainement souffert, Rebecca se sentit presque soulagée.

Si sa propre enfance avait été triste et morose, elle avait au moins eu la chance d'avoir des parents qui s'aimaient vraiment. Son voyageur de père n'était jamais assez longtemps à la maison pour l'entourer de l'affection dont elle rêvait. Quant à sa mère, accaparée par le shopping et les mondanités, elle confiait trop souvent sa fille aux soins de sa nourrice, puis de baby-sitters.

Petite fille esseulée, Rebecca était devenue une adulte solitaire. Elle renifla en essuyant une larme.

Un document officiel était inséré entre la dernière page et la couverture. « *Certificado de defunción.* » Que signifiaient ces mots ?

— Que fais-tu ici ?

Rebecca se redressa avec un sursaut en refermant l'album, tandis qu'Alejandro s'approchait pour le lui arracher furieusement des mains.

— Ne t'avise plus d'y toucher, *comprendes* ? Comment oses-tu fouiner dans mes affaires ?

— Je suis désolée, murmura-t-elle, consciente d'avoir violé son intimité.

A présent, elle regrettait sincèrement sa curiosité ; même si elle n'avait pas intentionnellement fouillé dans le bureau — Alejandro la croirait-il ?…

— Ta fille est très jolie. Pardonne mon indiscrétion, je t'en prie.

Il passa une main sur son visage, avec une expression terriblement douloureuse teintée de regrets.

— *Sí*. Anya était merveilleuse.

Rebecca fronça les sourcils. « Etait » ? Soudain, tout s'éclaira : *defunción* signifiait « décès ». Comment avait-elle pu commettre une telle maladresse ?

— Je… je suis désolée, répéta-t-elle, la gorge nouée.

— Va-t'en hors de ma vue. Disparais, commanda Alejandro d'une voix terne et caverneuse qu'elle ne lui connaissait pas.

En passant devant lui, elle posa une main sur son bras.

— Je compatis sincèrement, Alejandro.

Elle comprenait mieux, à présent, pourquoi il avait tellement changé. Il avait beaucoup souffert, et cette terrible expérience l'avait certainement endurci. Et insensibilisé.

Il lui prit la main et la serra convulsivement.

— Le lion est à terre, blessé, murmura-t-il. Tu voudrais peut-être me consoler pour gagner ma reconnaissance éternelle ?

— Je n'ai pas pensé à cela. C'est horrible de perdre un enfant. Je n'imagine même pas ce qu'on peut ressentir, mais je te plains de tout mon cœur.

Il accentua la pression de ses doigts.

— Tu me réconforterais si je te le demandais ? Tu coucherais avec moi si cela pouvait m'aider à oublier ?

Incapable de prononcer un son, Rebecca se contenta de le fixer, les yeux embués de larmes. Elle se sentait partagée entre la compassion et la colère, paralysée par des pulsions contradictoires.

— Tu peux garder ta pitié, Rebecca. Je n'en ai pas besoin.

Il lâcha sa main brusquement.

— Je suis désolée, dit-elle encore, sans trouver d'autres mots.

— Va-t'en.

Pour une fois, elle obéit sans protester.

A 3 heures du matin cette nuit-là, Rebecca, incapable de trouver le sommeil, descendit au bord de la piscine après avoir regardé un film espagnol à la télévision. Elle trempa un bout d'orteil dans l'eau en posant distraitement une main sur son ventre. Dire qu'elle avait espéré devenir la mère des enfants d'Alejandro…

Son cœur se gonfla de tristesse tandis qu'elle se remémorait l'expression dévastée d'Alejandro. La perte de leur enfant avait-elle précipité la rupture entre lui et sa femme ? Il avait l'air si malheureux… Jamais elle ne l'avait vu ainsi.

Elle n'avait pas su quoi dire. Quels mots auraient pu la rapprocher de lui, briser le mur de colère et de méfiance qui les séparait ? Depuis son arrivée, elle était obsédée par ses propres problèmes, et il lui était difficile d'imaginer Alejandro comme un homme vulnérable. Cette image ne coïncidait pas avec celle du magnat sans pitié qui voulait la détruire. Sa solitude la bouleversait. En dépit de toutes les humiliations qu'il lui avait infligées, elle se sentait émue. C'était dangereux, elle le savait…

Il faisait très chaud. L'eau était tentante, elle aurait dû mettre un maillot de bain… Qu'était-il arrivé à la petite Anya ? Quelle adorable fillette ! Stupidement, les larmes lui montèrent aux yeux et sa gorge se noua. Il fallait arrêter de penser à cette enfant. Et à Alejandro.

Obéissant à une impulsion irréfléchie, Rebecca enleva sa robe, ses sous-vêtements et descendit quelques marches. L'eau était plus fraîche qu'elle ne l'avait imaginé. Sur le point de remonter, elle s'obligea néanmoins à s'asseoir, de l'eau jusqu'à la taille.

La peau hérissée de chair de poule, elle passa une main sur ses seins durcis et en pinça la pointe entre le pouce et l'index. Cela faisait si longtemps qu'un homme ne l'avait pas touchée… Une vague de tristesse l'envahit. Etait-ce mal d'avoir envie d'éprouver du plaisir ?

Tout à coup, un bruit, sous la tonnelle, attira son attention. Le cœur battant, elle tendit l'oreille en scrutant l'obscurité. Devait-elle se sauver à l'intérieur ? Mais elle avait les jambes en coton. Une peur panique l'empêchait de bouger. Le sang se mit à battre sourdement contre ses tempes, couvrant tous les autres bruits.

Cependant, un craquement plus fort s'éleva distinctement dans l'air.

— Qui est là ? demanda-t-elle.

Elle regretta aussitôt sa question un peu stupide : un cambrioleur ne risquait pas de répondre, ni un animal… Petit à petit, une forme émergea de l'ombre, dont les contours se dessinèrent plus nettement. C'était un homme de haute taille, habillé d'un jean et d'un T-shirt noir. Rebecca replia les jambes en appuyant le menton sur ses genoux pour cacher sa nudité.

— Tu m'as fait une peur bleue, Alejandro ! Depuis quand es-tu là ?

— Un bon moment.

Elle se mordit la lèvre.

— Tu aurais pu prévenir.

Elle se sentait atrocement embarrassée à l'idée qu'il l'avait observée en secret, alors même qu'elle ébauchait une caresse sur son corps nu…

— Laisse-moi, commanda-t-elle le plus dignement possible.

Sourd à sa requête implorante, Alejandro s'assit sur le rebord avec un sourire narquois et croisa nonchalamment les jambes.

— Pourquoi partirais-je, *señorita* Layton ? Ne suis-je pas ici chez moi ?

— Alors c'est moi qui m'en vais. Passe-moi ma robe, s'il te plaît.

— Non.

— S'il te plaît.

Il plissa les yeux.

— Tu te sens mal à l'aise ?

— Tu connais déjà la réponse.

— Justement.

— Je suis désolée d'avoir regardé ces photos, articula-t-elle, la gorge serrée. Je ne pouvais pas savoir…

— Tu as beau me présenter des excuses, tu n'avais pas le droit de fouiller dans mes affaires. C'est un comportement inacceptable. Que cherchais-tu ? Une information que tu pourrais utiliser contre moi ? Vendre à la presse, peut-être ?

— Non ! Pas du tout !

Rebecca noua ses bras autour de ses jambes. La situation était trop gênante. Comment Alejandro pouvait-il avoir l'air si lointain, si détaché ? Elle obéit brusquement à un élan de sincérité, en se raccrochant à n'importe quoi pour combler l'abîme de douleur qui les séparait.

— Je veux redresser Layton International. Donne-moi

ma chance, je t'en serais reconnaissante. Je ne chercherai pas à te nuire. Je veux juste reprendre les rênes de mon entreprise.

Il garda le silence pendant un long moment.

— De quelle façon me témoigneras-tu ta reconnaissance ?

Le ton de sa voix ne permettait pas de savoir s'il se moquait d'elle.

— Eh bien… Nous pourrions partager les bénéfices ? Peut-être envisager de nous associer ?

Pour toute réponse, il se leva et commença à enlever son T-shirt, qu'il jeta par terre.

— Qu'est-ce que tu fais ? demanda-t-elle, le cœur battant.

— Je réfléchis à ta proposition.

Quand il ôta son jean, Rebecca retint son souffle. Elle rêvait sans répit de ce corps viril depuis cinq longues années. Jamais elle n'oublierait la tiédeur de sa peau se frottant contre la sienne, ni la sensation bouleversante de son sexe en elle. Une nuit, elle avait même appelé son petit-ami du moment Alejandro… Et depuis dix-huit mois, elle était désespérément seule.

— Que… quelle proposition ? bredouilla-t-elle. De quoi parles-tu ?

Ses oreilles bourdonnaient, elle avait une incompréhensible impression de vertige.

— Jusqu'où irais-tu pour me témoigner ta gratitude, *querida* ?

Tout à coup, la lumière se fit dans son esprit et elle comprit où il voulait en venir.

Une seconde plus tard, Alejandro était dans l'eau.

4.

Tout en nageant dans sa direction, Alejandro se demanda si Rebecca allait s'enfuir et se réfugier dans la maison. Ce serait la preuve qu'elle n'était pas aussi calculatrice qu'il l'imaginait. Elle ne s'était peut-être vraiment pas rendu compte de sa présence sous la tonnelle.

Il espérait à moitié qu'elle se sauverait. Cela le rassurerait sur son honnêteté, surtout en ce moment, avec ses souvenirs à vif. Après l'avoir surprise dans son bureau, il était parti dans le parc pour apaiser le tumulte de son esprit. Mais en vain.

Quand Rebecca était apparue au bord de la piscine, telle une nymphe, il l'avait d'abord observée avec curiosité. Après s'être déshabillée sans aucune pudeur, évidemment pour l'exciter et le provoquer, elle avait fait semblant d'avoir peur, mais il n'avait pas cru une seconde à sa comédie. D'ailleurs, la vérité n'avait pas tardé à émerger : elle avait tout de suite évoqué la question de Layton International.

Elle ne broncha pas lorsqu'il se planta devant elle, ce qui lui inspira un mélange de déception et de plaisir. Jusqu'à ce jour, il s'était juré de ne plus la toucher, mais son numéro de strip-tease l'avait fait changer d'avis.

Madre de Dios, elle le rendait fou de désir ! Serait-elle aussi douce et délectable que dans ses souvenirs ?

Pourtant, il ne fallait pas céder aux injonctions de la chair. Malgré tout, il avait envie de lui donner une bonne leçon, afin de lui prouver à quel point elle était vénale. Elle était vraiment prête à tout pour parvenir à ses fins.

— Qu'est-ce que tu fais ? le questionna-t-elle en écarquillant les yeux.

Elle jouait l'innocence, la pruderie effarouchée… Mais il la connaissait trop bien pour se laisser prendre à son jeu. Il était dans l'eau jusqu'aux hanches. S'il montait d'une marche, elle verrait combien il la désirait.

— Je t'offre l'occasion de me prouver ta gratitude.

— En échange de quoi ? Tu ne m'as encore rien offert, rétorqua-t-elle, sur la défensive.

— Que veux-tu ? La Belle Amélie ?

Elle détourna le regard, soupesant sans doute le pour et le contre.

— Je ne coucherai pas avec toi pour un hôtel.

— Même si c'est mon prix ?

Pour l'instant, elle essayait seulement de faire monter les enchères. Mais de toute façon, elle craquerait.

— Tu me donneras vraiment La Belle Amélie si nous faisons l'amour ?

Elle était tellement prévisible… Alejandro émit un petit rire.

— Ce que j'ai envie de faire n'a rien à voir avec de l'amour.

Elle cilla.

— Pourquoi te ferais-je confiance ? Qui sait si tu n'es pas encore en train de te moquer de moi ?

— Si c'est sérieux, tu acceptes ?

Elle baissa les yeux.

— Je n'ai pas dit cela.

Elle ne résista pas quand il emmêla ses doigts dans les siens pour l'attirer vers lui.

Naturellement…

Elle se mordit la lèvre avec une expression perplexe.

— Rebecca, je te donne La Belle Amélie en échange de ton corps. C'est équitable, non ?

Elle releva le menton, en héritière impérieuse qu'elle était.

— Je veux tout. Pas seulement cet hôtel, mais la possibilité de racheter ma société.

Il dissimula sa colère sous un sourire.

— J'y réfléchirai.

Elle mordait à l'hameçon. Il devait jouer finement. S'il avait dit oui tout de suite, elle ne l'aurait pas cru. Mais là, elle imaginait sans doute déjà toutes sortes de ruses pour obtenir ce qu'elle voulait. Elle déploierait tous ses charmes pour le convaincre.

Il guettait impatiemment sa réponse.

— Je rentre, lâcha-t-elle.

Ce n'était pas du tout ce qu'il escomptait, mais cela rajoutait du piment à la situation.

Rebecca fit quelques brasses en direction de l'échelle. Avait-elle perdu la tête ? Il n'était pas question de faire l'amour avec lui, ni pour un hôtel ni même pour récupérer sa société. Elle ne s'abaisserait pas jusque-là. Il la prenait pour une femme vénale, intéressée. Elle ne le conforterait pas dans cette idée, même si une partie d'elle-même mourait d'envie de se blottir au creux de ses bras.

Au moment où elle posait le pied sur le premier barreau, Alejandro referma les bras autour de sa taille pour la serrer contre lui. En sentant dans son dos l'intensité de son érection, elle frissonna violemment.

— Je te donnerai l'hôtel, Rebecca, chuchota-t-il à son oreille. Et pour le reste, je te promets d'y réfléchir.

Cet homme qui lui avait pourtant infligé les pires souffrances continuait à la fasciner. Comment était-ce possible ? Et comment résister à la caresse de son souffle chaud sur sa peau nue ?

Alejandro savait le pouvoir qu'il avait sur elle. Elle était trop faible et vulnérable. Si elle avait vraiment voulu résister, elle se serait échappée dès qu'il avait plongé dans la piscine. Quelle idiote d'être restée, livrée à sa merci ! L'espace d'une seconde, elle se demanda pourquoi elle menait une vie aussi triste et solitaire. Elle avait tant besoin de quelqu'un pour l'aimer… Etait-ce trop demander ? Pourquoi n'aurait-elle pas elle aussi ce que tant d'autres possédaient ? Ce qu'Alejandro avait eu avec sa femme et sa petite fille ?

Mais non, il ne fallait pas tomber dans ce piège. Cet homme n'était qu'illusion. Elle ne devait pas lui céder, même s'il souffrait, même si la perte de son enfant l'avait forcément changé et qu'il avait peut-être lui aussi besoin de quelqu'un. D'elle ?…

Rebecca rassembla ce qu'il lui restait de détermination.

— Non, je ne peux pas, dit-elle avec toute la force de conviction dont elle était capable. Je ne veux pas.

Alejandro croirait-il à ce mensonge ?

Il la retourna entre ses bras pour l'appuyer contre le bord de la piscine. Rebecca n'avait pas pied à cet endroit et fut bien obligée de se cramponner à lui. Il pencha son visage vers le sien.

— Tu as envie de moi, *querida*. A quoi ça te sert de le nier ?

— Non, protesta-t-elle avec l'énergie du désespoir.

— Même pour cet hôtel si cher à ton cœur ?

Elle secoua la tête, mais il captura ses lèvres. Elle ne put retenir un gémissement rauque quand leurs souffles se mêlèrent dans un baiser ardent, dévorant.

Il lui semblait insensé qu'elle puisse éprouver du désir pour cet homme après tout ce qu'il lui avait fait. Sa solitude l'interpellait, comme si son propre isolement la rapprochait de lui, liant inexorablement leurs destinées.

Les mains d'Alejandro descendirent au creux de ses

reins et se posèrent sur ses fesses. Comme par réflexe, les jambes de Rebecca se nouèrent autour de sa taille. Son corps se souvenait trop bien de l'alchimie merveilleuse qui la transfigurait au contact de son ancien amant. Il l'avait marquée de façon indélébile, irrémédiable. Les cinq longues années écoulées n'avaient rien effacé.

Cependant, alors que tout son être frémissait, une petite région de son cerveau demeurait lucide, lui ordonnant de repousser Alejandro. Mais il ne lui en laissa pas la possibilité, glissant les doigts vers le haut de ses cuisses, au cœur de sa féminité.

Rebecca retint son souffle. Cela faisait si longtemps…

Alejandro s'écarta légèrement pour contempler son expression. Il paraissait à la fois surpris et confus, comme si la situation échappait aussi à son contrôle.

— Tu ne m'as jamais oublié, n'est-ce pas ?

Quelque chose au plus profond d'elle était en train de craquer. Il fallait résister, par n'importe quel moyen, avant qu'il ne triomphe. La panique menaçait. Elle devait empêcher l'irrémédiable, absolument. Sinon, elle était perdue.

Elle bredouilla les premiers mots qui lui vinrent à l'esprit :

— La Belle Amélie…

L'expression d'Alejandro se figea. Puis un sourire froid, impersonnel, étira les commissures de ses lèvres pendant qu'il continuait ses caresses, de plus en plus intimes. Un maelström de sensations emporta Rebecca, tout près de l'abandon.

Pourtant, elle sentait que le cœur d'Alejandro n'y était plus. Son expression s'était fermée et une indifférence froide se lisait sur ses traits. Pourquoi avait-elle évoqué l'hôtel ? C'était stupide. Gagnée par une confusion extrême, Rebecca ne savait plus du tout où elle en était…

— Arrête, dit-elle tout à coup dans un sursaut.

— Tu es sûre ? demanda-t-il en accentuant la pression de ses doigts.

— Oui, arrête, l'implora-t-elle dans un souffle.

Mais c'était trop tard. Un cataclysme l'emporta, la précipitant dans l'oubli du plaisir des sens. Sourd aux protestations de son esprit, son corps s'abîma dans une extase sans nom tandis qu'Alejandro prenait ses lèvres pour l'embrasser avec une étrange ferveur, totalement inattendue.

Pourquoi avait-elle gâché cet instant avec des propos inconsidérés ?

— Alejandro, chuchota-t-elle, pendant qu'il murmurait quelques mots d'espagnol à son oreille. Au sujet de l'hôtel…

Il se raidit immédiatement.

— *Sí.* Comme je n'ai pas l'intention d'en rester là, c'est le moment de me demander ce que tu veux en échange de ton corps, Rebecca.

Sa brutalité la glaça instantanément.

— Ce n'est pas ce que je voulais dire…

— Non, bien sûr. Combien de fois t'es-tu offerte à un homme dans le but d'obtenir quelque chose de lui ?

Rebecca le repoussa violemment en s'agrippant au rebord pour ne pas couler. Sa peau brûlait encore de ses caresses, et pourtant jamais de sa vie elle n'avait ressenti une telle solitude, à la fois physique et mentale.

— Comment peux-tu être aussi cruel ? Je ne suis pas une prostituée de bas étage ! Je…

— Non, de luxe !

— Cesse de m'interrompre ! hurla-t-elle. Tu ne me connais pas ! Tu ne sais pas de quoi tu parles ! Tu n'es qu'une brute grossière, incapable de sentiments. Ce n'est pas étonnant que ta femme t'ait quitté après la mort d'Anya !

Un muscle tressaillit en haut de la mâchoire d'Alejandro. Un bref instant, l'espace d'une seconde, il sembla vaincu, anéanti.

— Pardon, je ne voulais pas dire cela…, balbutia Rebecca, épouvantée par les mots qu'elle avait prononcés.

— Si, c'est exactement ce que tu penses. Et moi aussi, je suis sincère quand je te traite de prostituée, prête à te vendre pour arriver à tes fins. Nous sommes pareils, toi et moi.

Elle avait l'impression de se tenir tout au bord d'un précipice.

— Je n'ai rien à voir avec toi.

— Tu te mens à toi-même, Rebecca. Mais moi, je t'ai percée à jour. Et la prochaine fois que tu essaieras de me voler, rappelle-toi que je suis encore plus impitoyable que tu ne l'es. Je gagne à tous les coups.

Devant tant d'orgueil et de méchanceté, une immense tristesse s'empara d'elle. Alejandro avait décidément beaucoup changé durant ces cinq années. C'était devenu une coquille vide, un monstre de froideur, sans aucune étincelle de vie à l'intérieur.

— Comment peux-tu parler de gagner alors que tu es si malheureux ?

Alejandro boucla sa ceinture avant le décollage. Quelques instants plus tard, son jet privé survolait le quartier résidentiel qui abritait sa villa, où Rebecca dormait encore.

A peine trois heures auparavant, il la tenait dans ses bras en contemplant son expression d'extase et de total abandon. *Dios* ! A cet instant-là, il avait bien failli oublier sa promesse de ne plus jamais coucher avec elle. Sa chaleur vibrante avait presque eu raison de lui. Comment serait-il resté insensible ? Après son divorce, il s'était étourdi dans une succession d'aventures sans lendemain. Chaque fois, il espérait un peu de réconfort et de soulagement. Mais il n'avait jamais rien ressenti.

Son cœur s'était arrêté à la mort d'Anya. Il n'était plus

capable d'aucune émotion. Cela avait été vrai jusqu'au jour où Rebecca avait surgi devant lui, dans sa villa, et où il avait lu tant de douleur et de solitude au fond de ses yeux brillants.

Il voulait la détruire et la posséder en même temps, ce qui n'avait aucun sens, surtout pour quelqu'un qui s'enorgueillissait d'agir toujours après mûre réflexion.

Sans doute était-ce seulement un besoin physique… Il avait failli oublier ses résolutions ; heureusement, elle avait mentionné l'hôtel et il s'était ressaisi à temps. Un peu plus et il lui aurait fait l'amour, au risque de se perdre dans des complications ridicules. Plutôt que de risquer le diable en restant dans les parages de son ex-maîtresse, il valait mieux qu'il gère ses affaires. C'est pourquoi il se rendait à Dubaï pour rencontrer des personnalités influentes susceptibles de faciliter ses projets.

Quand Rebecca lui avait tendu tel un miroir cette image d'homme malheureux, il avait été incapable de répondre. Il aurait voulu la renvoyer à sa vie new-yorkaise, mais aucun son n'avait franchi ses lèvres. Et elle était restée là, muette elle aussi, à le contempler avec une pitié humiliante.

Madre de Dios ! Il ne s'était pas senti aussi vulnérable depuis la mort d'Anya, quand les médecins l'avaient regardé avec cette même expression. Il ne voulait plus penser à Rebecca. Il devait chasser cette femme de son esprit !

Peut-être après tout fallait-il coucher avec elle pour en finir définitivement, la dominer et l'écraser une fois pour toutes. Après l'avoir détruite professionnellement, il restait à l'anéantir sur le plan personnel. Il lui laisserait croire qu'elle pouvait le manipuler pour récupérer sa société. Mais c'est lui qui aurait le dernier mot.

Soulagé d'avoir pris la décision qui s'imposait, Alejandro alluma son ordinateur portable et se plongea dans le travail. Rebecca Layton n'aurait pas le dessus.

Plus jamais.

*
* *

Un peu surprise d'apprendre le départ d'Alejandro pour Dubaï, Rebecca se réjouit néanmoins de prendre son petit déjeuner seule. Dieu merci, elle n'aurait pas à affronter son regard après ce qui s'était passé cette nuit dans la piscine… Elle s'était humiliée d'une façon éhontée. Il ne fallait plus se laisser attendrir par le mélange de douleur et de solitude qu'elle avait perçu chez cet homme. Rien ne devait la détourner de son objectif final : récupérer Layton International. C'était tout ce qui importait.

Rebecca fronça les sourcils en contemplant son reflet dans la glace. Désormais, il était clair qu'Alejandro ne lui permettrait jamais de racheter ses parts, à moins d'y être contraint par de graves difficultés financières. Malheureusement pour elle, les Entreprises Ramirez étaient florissantes. De toute manière, en cas de crise, Alejandro s'emploierait d'abord à démanteler l'empire Layton.

Que faire ?

Après une douche rapide, Rebecca résolut d'appeler Roger Cahill. Il fallait savoir exactement ce qui s'était passé cinq ans plus tôt. Peut-être apprendrait-elle quelque chose qui la disculpe aux yeux d'Alejandro.

— Rebecca, quel plaisir ! s'exclama Roger quand sa secrétaire lui eut passé la communication. Je pensais justement à toi. Cela fait longtemps que tu ne m'as pas donné de nouvelles.

— C'est vrai. Merci pour les fleurs que tu as envoyées pour les obsèques de papa.

— Ne t'incrimine pas pour la perte de Layton International, déclara-t-il en allant aussitôt droit au but. Quand Jackson est venu me voir, je lui ai tout de suite déconseillé d'investir en Thaïlande.

Rebecca soupira. Si seulement les autres banques avaient elles aussi refusé leur financement… Malheureusement, c'était trop tard, maintenant.

— Mon père était parfois trop sûr de lui, commenta-t-elle.

Roger s'éclaircit la gorge.

— Que puis-je pour toi ?

Même si les Entreprises Ramirez paraissaient invulnérables, elle interrogea le banquier sur des faiblesses éventuelles les concernant.

— Il aura peut-être des problèmes à Dubaï.

Rebecca fronça les sourcils.

— On a parlé d'irrégularités administratives dans l'obtention du permis de construire. As-tu des informations là-dessus ?

— Non, mais ce doit être assez grave si Ramirez se déplace en personne.

— Tu me contacteras si tu en entends parler ?

— D'accord.

Après ce qu'Alejandro lui avait fait, Rebecca n'avait pas de scrupules. S'il y avait la moindre chance de reconquérir Layton International, il fallait la saisir. Elle devait bien cela à la mémoire de son père.

— Roger, je voudrais te demander autre chose.

— Quoi donc ?

— Pourquoi as-tu retiré ton financement à Alejandro, il y a cinq ans ?

Roger hésita un peu avant de répondre.

— Cela ne nous a pas semblé un bon investissement, dit-il finalement.

— Pourtant, tu as aidé Layton International en Amérique du Sud.

— C'était moins aventureux.

Elle se décida à formuler la question qui lui brûlait les lèvres.

— Papa t'a influencé ?

L'embarras du banquier à l'autre bout du fil était palpable.

— Jackson m'a simplement conforté dans mon opinion.

Ramirez avait mauvaise réputation dans le monde des affaires. Il prenait trop de risques.

Rebecca ferma les yeux, effarée. Son père avait donc joué un rôle important dans cette histoire. Il avait un jugement très sûr, et à l'époque on l'écoutait comme un oracle dans le milieu financier.

— Merci, Roger.

Rebecca raccrocha d'une main tremblante. Tout était peut-être finalement arrivé par sa faute… Dans un moment de faiblesse, elle avait téléphoné à sa mère de l'aéroport de Madrid, en larmes. L'irruption impromptue du maître de cérémonie l'avait anéantie et elle n'avait personne à qui se confier.

Stupidement, elle avait espéré un conseil, une parole de consolation de la part de sa mère, qui en avait été incapable. Elle s'était montrée aussi lointaine et superficielle que d'habitude, passant plus de temps à donner des nouvelles de son caniche qu'à écouter sa fille.

Rebecca avait néanmoins été soulagée d'avoir parlé à quelqu'un, d'avoir pu évoquer la situation. A la fin de la conversation, elle avait fait promettre à sa mère de garder le secret. Son père l'avait déjà piégée en soudoyant Parker Gaines, il ne fallait pas apporter de l'eau à son moulin sur le thème de la supposée « fragilité féminine ». Elle devait être forte pour se montrer digne de lui succéder.

Sur le moment, elle avait cru que sa mère avait tenu parole. Mais rétrospectivement, l'antipathie de son père envers Alejandro Ramirez lui paraissait suspecte. Certes, il lui en voulait d'avoir étendu son influence au point de le concurrencer sérieusement ; mais s'agissait-il seulement de jalousie et de rivalité ?

Furieuse, Rebecca composa immédiatement le numéro de sa mère.

— Avais-tu parlé à papa de ma relation avec Alejandro Ramirez ? demanda-t-elle de but en blanc.

— Quelle façon cavalière de parler à sa mère ! lui reprocha Amélie avec sa distinction coutumière. Pour répondre à ta question, je ne sais vraiment plus. C'est possible, mais je ne m'en souviens pas.

5.

Alejandro était de très mauvaise humeur. Plusieurs jours de négociations avec les représentants du gouvernement de Dubaï n'avaient rien résolu. En plus, ses parents fêtaient leur anniversaire de mariage à la Villa de Musica et il était obligé d'assister à la soirée, ce qui ne l'enchantait pas du tout.

L'avion avait atterri depuis une demi-heure à peine. Il avait très peu de temps pour se changer, et pas du tout pour se reposer ou se changer les idées. Heureusement, Flora avait préparé une chemise propre et un smoking. Pourquoi devait-il honorer de sa présence ces fêtes ridicules qui se répétaient année après année ?

De l'extérieur, Carmen et Juan Ramirez avaient l'air d'un couple heureux. Mais Alejandro savait la vérité. Tout comme sa sœur, Valencia, qui trouvait toujours une bonne excuse pour rester à Paris avec son mari.

Juan passait beaucoup de temps avec ses maîtresses du moment, tandis que Carmen courait les réunions des multiples associations dont elle s'occupait. Cela lui donnait aussi l'occasion de boire quelques verres, ce qu'elle aimait plus que de raison. Leur mariage se poursuivait cahin-caha, avec quelques drames de temps à autre — Carmen jetant dehors une maîtresse de Juan dans le plus simple appareil ou Juan coupant les vivres à sa femme juste avant une expédition shopping à l'étranger…

Ces coups de théâtre, toujours spectaculaires, confortaient Alejandro dans son refus de s'enchaîner dans les liens du mariage. Son coup d'essai lui suffisait. Même libérée du poids des sentiments, la vie conjugale n'était pas pour lui. Parfois, il regrettait de ne pas avoir d'héritier, mais préférait au final léguer sa fortune aux enfants de sa sœur plutôt que de risquer un nouvel échec.

Il avait toujours eu du mal à faire les nœuds papillons. Au bout de trois tentatives infructueuses, il sonna Flora, qui ne répondit pas ; et pour cause : c'était son jour de congé. Avec un juron, il enfila sa veste de smoking et descendit en hâte. Au moment où il traversait le grand salon, une voix féminine parvint à ses oreilles. Il s'immobilisa et aperçut Rebecca, assise sous la tonnelle devant son ordinateur portable, en train de téléphoner. Nimbée par la lumière du couchant, elle était splendide. Immédiatement, l'aiguillon du désir le transperça. *Dios !* En dépit de tout, elle l'enflammait. Il brûlait de la posséder.

Absorbée par sa conversation, elle ne l'entendit pas approcher.

— Vous avez analysé les projections ? demandait-elle à la personne au bout du fil.

Rebecca était une vraie femme d'affaires qui ne ressemblait pas aux actrices ou aux mannequins qu'il fréquentait habituellement. Il appréciait et respectait ses compétences et son savoir-faire.

Oui, il avait pris la bonne décision. Sa vengeance serait totale quand il l'aurait séduite une deuxième fois.

Elle jeta un coup d'œil sur le côté et le vit.

— Oui, merci John. Communiquez-moi ces chiffres le plus rapidement possible. Je vous rappellerai.

Elle raccrocha et esquissa un sourire circonspect.

— Ton voyage s'est bien passé ?

— Fatigant, maugréa-t-il.

Il lui tendit sa cravate.

— Tu peux m'aider ?

— Je veux bien essayer, répondit-elle en se levant. Smoking, donc nœud papillon je suppose…

Alejandro ressentit une sensation de brûlure à l'endroit où Rebecca effleura sa peau. Il huma son parfum avec délice. Pourquoi, entre toutes les femmes sur terre, désirait-il précisément celle-ci avec autant d'obstination ? En tout cas, puisqu'il avait décidé de la reconquérir, elle serait dans son lit dès ce soir.

Elle était absorbée dans sa tâche et ne leva pas une seule fois les yeux, comme si elle redoutait son expression. Effectivement, elle pouvait avoir peur de lui ; car il allait la séduire de nouveau pour l'anéantir à tout jamais. C'en était fini de sa tranquillité, et elle ne le savait pas encore.

— Je t'ai manqué ? plaisanta-t-il d'une voix sensuelle qui contrastait avec ses pensées.

Elle haussa les sourcils avec un étonnant mélange d'incrédulité et… de honte.

— Tu te moques de moi ?

— Je ne sais pas, *bella*… N'as-tu pas passé un moment agréable avec moi, dans la piscine ?

Elle serra trop fort, manquant l'étouffer, puis desserra le nœud avec une exclamation irritée.

— J'ai déjà oublié. C'est sans importance.

Sa rougeur et sa maladresse disaient tout le contraire…

— J'ai envie de retrouver le goût de ton sexe, Rebecca. Ce mélange d'acide et de sucré.

Un soupir gonfla sa poitrine et elle se mordit la lèvre en redoublant de concentration. Pourquoi faisait-elle semblant de rien ? Et comment lui-même pouvait-il éprouver autant de désir pour une femme qu'il haïssait ? *Maldito sea !* En fait, contrairement à ce qu'il avait cru, il n'était *jamais* arrivé à se libérer de son emprise.

Elle resserra les ailes du nœud papillon et recula avec un air victorieux.

— Voilà !

— *Gracias.*

Il se rapprocha. Pourquoi repousser à plus tard l'objectif qu'il s'était fixé ?

— Cela te plaît, *querida* ? Que j'aie envie de retrouver ton goût sucré ?

Elle se détourna.

— Arrête, je n'ai pas envie d'en parler.

— Tu es sûre ? Imagine quel plaisir…

— Non !

— Tu te souviens de la première fois ?

Elle ferma les paupières en hochant la tête malgré elle.

— Ce serait aussi bien.

Sí, il voulait connaître de nouveau ce plaisir-là. Comme autrefois. Tout de suite. Oublier leur rivalité et se laisser emporter par la volupté. Mais Rebecca referma d'un coup sec son ordinateur portable et le rangea dans sa sacoche. Puis elle le foudroya du regard.

— C'est impossible, Alejandro. A l'époque, je croyais stupidement être la seule femme dans ta vie. Tu m'as ramenée sur terre de la manière la plus humiliante qui soit.

Il comprit qu'elle se réfugiait dans la colère pour nier son émotion. Il fallait lui ouvrir les yeux.

— Je ne suis pas responsable des agissements de mon père, Rebecca. C'est lui qui avait payé les services de ce maître de cérémonie, dans l'intention de t'évincer et pour me forcer à accepter un mariage dont je ne voulais pas.

Elle sembla un peu choquée, et très sceptique.

— Pourquoi te croirais-je ? Et surtout, pourquoi me l'avouerais-tu seulement maintenant, cinq ans après ?

Il eut un rire amer.

— Parce que tu t'es comportée avec une lâcheté impardonnable. Tu as réagi comme une enfant capricieuse. Que pouvais-je faire ? Te poursuivre jusqu'à New York pour t'obliger à m'écouter ?

*
* *

Rebecca n'avait pas envie de réfléchir au passé. Elle avait assez de soucis pour le moment, avec sa situation plus que précaire. Il lui avait fallu tranquilliser avec de vagues promesses son directeur des ressources humaines au sujet des nombreux emplois qui risquaient de disparaître avec la chute de Layton International. Elle ne s'attendait pas ce soir à des révélations sur son histoire d'amour avec Alejandro…

Elle ne parvenait pas à assimiler toute la signification de ses propos. En tout cas, il n'avait pas complètement tort de l'accuser de lâcheté : elle s'était bel et bien sauvée par peur d'affronter la réalité. Elle craignait trop d'avoir commis une grossière erreur, comme avec Parker Gaines. Elle avait besoin de recul pour réfléchir.

— Tu aurais dû trouver le moyen de m'expliquer la situation, articula-t-elle, la gorge sèche.

Le père d'Alejandro avait-il réellement obligé son fils à se marier contre son gré ? Après tout, ce n'était pas impossible. Son propre père était bien allé jusqu'à louer les services de Parker pour s'immiscer dans la vie de sa fille et prouver sa vulnérabilité… Mais Alejandro était aussi parfaitement capable de lui mentir pour accentuer son sentiment de culpabilité.

Il se tenait devant elle, superbe dans son smoking de grand couturier. Son bronzage magnifique faisait ressortir l'éclat argenté de ses yeux gris, pleins de mépris.

— Pourquoi ne m'as-tu pas fait confiance ? lui reprocha-t-il avec amertume.

Puis, brusquement, il passa une main dans ses cheveux en poussant un juron en espagnol.

— Mais cela n'aurait rien changé, poursuivit-il. Tu briguais un seul et unique objectif : détruire les Entreprises Ramirez. Et tu as bien failli réussir.

La gorge nouée, Rebecca fut incapable de démentir ces

accusations. Même si sa mère n'avait aucun souvenir précis de ce qu'elle avait raconté à son mari, c'était l'influence de celui-ci qui avait poussé Roger Cahill à retirer son soutien financier à Alejandro.

Néanmoins, elle pouvait se défendre en arguant de sa bonne foi.

— J'ai visité la Villa de Musica parce que je m'intéressais aux travaux de restauration, expliqua-t-elle. Je n'avais pas du tout l'intention de te rencontrer, encore moins de tomber amoureuse. Tout aurait été tellement plus simple si je n'avais pas croisé ton chemin.

C'était bien la vérité. En cinq ans, elle n'était pas arrivée à l'oublier. Et depuis qu'elle l'avait rejoint à Madrid, chaque jour passé auprès de lui ravivait encore davantage ses souvenirs douloureux.

— Oui, c'est difficile de regarder un homme en face quand on a décidé sa perte, dit Alejandro comme s'il réfléchissait à voix haute.

Il jeta un coup d'œil à sa montre.

— Je n'ai pas le temps de discuter…, conclut-il. De toute façon, peu importe que tu me croies ou non.

— Alors pourquoi me l'avoir dit ?

Alejandro haussa les épaules.

— Parce que tu es trop sûre de toi.

Rebecca tiqua. De quel droit se permettait-il de lui parler sur ce ton ? Elle rassembla furieusement ses affaires sur la table.

— Je rentre. Bonne soirée.

Alejandro la rattrapa par le bras.

— Tu viens avec moi !

— Pardon ? Où cela ? bredouilla-t-elle. De toute façon, je ne peux pas, j'ai du travail.

— Ton travail attendra, Rebecca. Je veux que tu m'accompagnes.

— Je n'ai pas apporté de tenue de soirée.

— Tu t'en achèteras une à la boutique de l'hôtel. Maintenant, dépêche-toi, nous sommes en retard.

— Mais je ne…

— Tu n'as pas ton mot à dire. C'est moi qui commande. Tu n'as pas le choix.

Elle avait envie de fermer les yeux et de compter jusqu'à cent, comme sa mère le lui avait appris pour s'empêcher de pleurer quand elle était malheureuse. Lorsqu'elle avait dix ans, cela réussissait à la calmer, même si elle se sentait sans importance et mal aimée.

Justement, elle était mal aimée. Et même pas du tout. Cet homme ne l'avait jamais aimée. Il ne l'aimerait jamais.

Elle scruta son expression lointaine, indéchiffrable. De toute manière, elle ne voulait pas de son amour. Alejandro n'était plus celui qu'elle avait cru aimer autrefois.

Elle ne s'en était pourtant jamais détachée…

Elle se força à penser à autre chose.

— Comme tu voudras, déclara-t-elle le plus froidement possible. Tu m'autorises au moins à monter mes affaires dans ma chambre ?

Il hocha la tête d'un air arrogant, qui lui donna envie de le gifler…

Quelques instants plus tard, elle montait dans la limousine garée devant le perron.

Quand Alejandro lui annonça leur destination, Rebecca céda à la panique. *Dieu du ciel !* Elle n'avait jamais rencontré ses parents et ignorait pratiquement tout de sa famille. Alejandro avait seulement évoqué l'existence d'une sœur et d'un frère, mort tragiquement quelques mois avant leur rencontre.

Ses parents savaient-ils qui elle était ? Comment pourrait-elle les saluer la tête haute ?

Son affolement n'échappa pas à Alejandro.

— Ne t'inquiète pas. C'est une grande fête. Il y aura tellement de monde que personne ne remarquera ta présence.

Mais cela ne suffit pas à dissiper ses craintes. Et s'il s'agissait d'un épouvantable traquenard ? « Maman, papa, je vous présente Rebecca Layton, l'intrigante dénuée de scrupules qui a failli me ruiner il y a cinq ans. »

Malgré tout, la cause principale de son anxiété était ailleurs, dans la proximité troublante de cet homme assis à côté d'elle. Depuis qu'il avait parlé de goûter son sexe, cette pensée l'obsédait. Des souvenirs troublants, sensuels, la tourmentaient.

Elle pressa deux doigts contre ses tempes pour chasser ces évocations importunes. Il ne pouvait pas imaginer combien sa seule présence la martyrisait. Elle brûlait d'envie de le toucher, de respirer son odeur, de tracer le dessin de ses lèvres pour le voir sourire…

« Arrête. Il te déteste. »

La limousine qui précédait la leur déposa ses passagers devant la Villa de Musica et une actrice connue prit la pose dans un crépitement de flashes.

Rebecca essuya ses mains moites sur sa jupe. De quoi aurait-elle l'air sur la photo ?

Elle redressa fièrement le menton. Comme sa mère avait coutume de le dire, il fallait se montrer à la hauteur de la situation dans n'importe quelle circonstance.

Avec un juron, Alejandro appuya sur le bouton de l'Interphone pour donner ses ordres au chauffeur.

— J'avais oublié la meute des paparazzi, dit-il à Rebecca. N'aie pas peur, nous passerons par l'entrée de service.

— Merci.

— Ce n'est pas pour toi. Je n'ai tout simplement pas envie de répondre aux questions ce soir.

Vexée, Rebecca croisa les bras en s'abstenant de tout

commentaire et fit mine de s'absorber dans la contemplation de la villa. Elle n'y avait plus remis les pieds depuis qu'elle avait quitté la suite d'Alejandro, cinq ans plus tôt. L'édifice, parmi les plus célèbres de Madrid, avait autrefois appartenu à une chanteuse d'opéra avant de devenir un hôtel de luxe.

Ils suivirent un labyrinthe de couloirs avant de s'immobiliser devant une porte. Alejandro tapa un code sur un clavier et ils se retrouvèrent dans un ascenseur qui les laissa dans sa suite, la même qu'autrefois, là où elle avait vécu sa plus merveilleuse — et malheureusement trop brève — histoire d'amour.

— J'appelle la boutique, annonça Alejandro. Une vendeuse te montera un choix de robes. Tu descendras quand tu seras prête.

Rebecca détacha son regard de la porte de la chambre et s'obligea à respirer normalement.

— Très bien, répondit-elle en s'asseyant le plus calmement possible sur le canapé.

Après avoir raccroché, il ouvrit la bouche pour dire quelque chose, mais la referma aussitôt. Lui d'ordinaire si sûr de lui avança d'un air hésitant.

Rebecca comprit immédiatement la cause de son trouble : ils s'étaient aimés passionnément sur ce canapé... Alentour, l'air sembla brusquement résonner de gémissements et de mots tendres.

Elle reconnut le reflet de son propre désir dans le regard brûlant d'Alejandro. Comment résister à cette force qui la poussait vers lui ? A aucun autre moment de sa vie elle ne s'était senti aimée, choyée... Que n'aurait-elle donné pour retrouver cette sensation ! Il lui fallut toute la force de sa volonté pour ne pas se lever et blottir son visage au creux de son épaule.

Elle ferma les paupières, l'estomac noué, en chassant

les odeurs, les goûts et les mots doux d'autrefois. C'était trop douloureux.

Elle rouvrit brusquement les yeux en entendant un bruit de porte. Alejandro était parti. La pièce était vide. Elle se sentit effroyablement seule.

6.

Que lui arrivait-il ? Pourquoi avait-il pris la fuite comme si un taureau furieux le chargeait pour l'encorner ? Il était revenu des centaines de fois dans cette suite depuis le départ de Rebecca. Il y avait amené d'autres femmes, dans une tentative désespérée pour conjurer le souvenir de sa maîtresse perdue. Il croyait même y être parvenu, jusqu'à ce qu'il l'aperçoive sur le canapé.

Il n'aurait jamais dû l'obliger à l'accompagner ce soir. Quel démon l'avait poussé ? Cela n'avait aucun sens.
Il se dirigea vers les bureaux pour signer dans son parapheur quelques courriers en retard. Mais l'image de Rebecca, les bras croisés et ses jambes interminables allongées devant elle, continuait à danser devant ses yeux. Un autre souvenir se superposait. Nue, allongée sur ce même canapé, la jeune femme se tordait de plaisir en le suppliant : « Alejandro, s'il te plaît. Je t'aime. Je t'en prie, viens, je te veux, j'ai besoin de toi… »

Que serait-il arrivé ce soir s'il avait cédé à la force d'attraction du passé ?

Quelle erreur de l'amener dans sa suite… Mais ce n'était pas dans ses intentions, jusqu'au moment où la meute des paparazzi l'avait effrayée. Pourquoi avait-il éprouvé le besoin stupide de la protéger ?

Il s'arma de son stylo et griffonna quelques signatures. Une fois sorti de son bureau, il rencontra tellement de gens qu'il lui fallut presque trois quarts d'heure pour rejoindre la salle de bal : un membre de cabinet ministériel, un diplomate, un diamantaire, une ancienne maîtresse — dont il eut particulièrement du mal à se débarrasser…

Il se sentait coupable d'avoir délaissé Rebecca et avait besoin de la retrouver. Non parce qu'il avait des remords ou avait changé d'avis, au contraire : plus elle se sentirait à l'aise et détendue, plus savoureuse serait sa vengeance.

Il prit une flûte de champagne sur un plateau tout en scrutant la foule compacte. Apercevant sa mère en compagnie de quelques amies près du bar, il s'approcha pour l'embrasser.

— Alejandro, mon chéri ! Je commençais à me demander si tu viendrais.

— Pour rien au monde je ne manquerais cette occasion, *madre*.

Carmen Ramirez pinça les lèvres.

— Dieu merci, tu n'es pas comme Valencia ! Elle s'est encore décommandée !

— Où est mon père ? s'enquit Alejandro, peu enclin à supporter un flot de récriminations contre sa sœur — il ne la comprenait que trop bien…

Carmen but une gorgée de champagne en montrant la piste de danse. Juan serrait dans ses bras une créature éblouissante, de dos du moins, et il la contemplait avec tant de ferveur qu'Alejandro décida d'intervenir très vite afin d'éviter un scandale.

Il ne voyait pas le visage de la jeune femme, mais dut convenir que son père avait bon goût. Ses cheveux blonds relevés en chignon dégageaient une nuque gracile, et son fourreau bleu nuit dénudait des épaules et un dos parfaits jusqu'au creux des reins. Des talons aiguilles de dix centimètres allongeaient encore des jambes qui semblaient interminables.

Elle lui inspira aussitôt un vif désir, qui le surprit et le rassura à la fois : d'autres femmes que Rebecca Layton pouvaient donc trouver grâce à ses yeux…

En tout cas, son père serrait de beaucoup trop près sa nouvelle conquête ; la couleur mate de sa main contrastait étonnamment avec la peau nacrée de la jeune femme. Alejandro arrivait juste à temps. Dix minutes plus tard, son père aurait probablement déjà quitté la fête avec elle…

Il fronça les sourcils à la vue de son fils et murmura quelques mots à l'oreille de la jeune femme, qui s'immobilisa avant de se retourner d'un air surpris.

Dès qu'il reconnut les yeux bleus, le choc et la colère submergèrent Alejandro. Une seule phrase résonna dans son esprit : « elle est à moi. »

Franchissant à grandes enjambées la distance qui le séparait du couple, il arracha littéralement sa proie des bras de son père. Sourd aux murmures qui s'élevaient autour d'eux, il l'empoigna violemment, la secouant presque.

— Tu essaies encore d'acheter un hôtel avec ton corps ? s'écria-t-il, autant pour masquer son dépit que pour la blesser.

Rebecca se dégagea vivement.

— Mufle !

— Alejandro, présente des excuses à cette dame, intervint son père d'un ton sec et désapprobateur. Ta mère aurait honte de toi.

Rebecca se tourna alors vers Juan Ramirez avec un sourire tremblant.

— Merci, *señor* Ramirez, mais ce ne sera pas nécessaire. Votre fils et moi sommes de vieux ennemis, je le crains.

— Tout de même, ce n'est pas une façon de traiter une invitée, insista Juan. Ce n'est pas ainsi que j'ai élevé mon fils, *señorita*.

— Malheureusement, j'ai le don de l'énerver et de le faire sortir de ses gonds.

Alejandro s'adressa à son père :

— Maman est au bar. Puisque c'est votre anniversaire de mariage, tu devrais peut-être l'inviter à danser…

Juan sembla hésiter puis, finalement, hocha la tête.

— *Sí*, tu as raison.

Puis il se tourna vers Rebecca et se pencha pour lui baiser la main.

— Passez une bonne soirée. J'espère avoir le plaisir de vous avoir à notre table.

— *Gracias*, répondit-elle. J'en serais très honorée.

Comme l'orchestre entamait à ce moment-là une nouvelle danse, Alejandro l'enlaça.

— Ne me touche pas ! protesta-t-elle. Je veux repartir immédiatement.

— Non. La réception est loin d'être terminée.

Il se colla à elle. Comme elle sentait bon ! Et comme il avait plaisir à l'avoir dans ses bras !

Rebecca posa les paumes contre son torse.

— J'ai compris ton manège, Alejandro. Tu cherchais à m'humilier, en m'amenant ici. Maintenant que tu es parvenu à tes fins, laisse-moi partir. J'en ai assez.

— Comment as-tu fait la connaissance de mon père ? demanda-t-il abruptement.

Elle cilla.

— Vous vous ressemblez beaucoup tous les deux. Je me suis présentée et je lui ai demandé où tu étais. Avant d'aller te chercher, il m'a invitée à danser.

Cela n'avait rien d'étonnant de la part de son père, qui ne savait pas résister à une jolie femme.

— Ensuite, j'ai évidemment échafaudé un plan diabolique pour récupérer un hôtel ou deux, railla-t-elle. Ce qui aurait peut-être été difficile puisque l'entreprise n'appartient pas à ton père.

Alejandro réprima un juron. Cette fois, il avait eu tort.

— Je n'aurais pas dû dire cela.

— Mais tu le redirais sans réfléchir. Tu es toujours prompt à imaginer le pire à mon sujet.

C'était vrai. Il avait toujours envie de l'accabler de tous les maux, sans doute par esprit de vengeance, pour lui faire regretter de l'avoir spolié d'une manière éhontée. Elle l'avait acculé à des choix insensés, auxquels il ne se serait jamais résigné si elle ne l'avait pas rendu aussi malheureux.

Et pourtant, dans le même temps, une attirance irraisonnée le poussait vers cette femme. Il ne comprenait pas ce paradoxe.

— Ne parlons pas de cela ce soir, déclara-t-il.

Ce n'était pas le moment de réfléchir à ses contradictions. Il voulait seulement se perdre dans les délices de l'amour physique, oublier le passé sans s'encombrer de sentiments. Rien de plus.

Rebecca eut un rire amer.

— Evidemment... Tu refuses de modifier la mauvaise opinion que tu as de moi.

— Rien ne réparera jamais le mal que tu m'as fait.

— Comment te prouver mon innocence ? murmura-t-elle d'une voix implorante, ses grands yeux bleus levés vers lui en une prière muette.

La musique s'était arrêtée, mais ils restaient tous les deux enlacés sur la piste de danse, sans bouger.

Alejandro s'écarta.

— Tu n'y arriveras pas parce que tu es coupable, Rebecca. Arrête de semer le doute dans mon esprit. Nous ne pourrons jamais remonter le cours du temps jusqu'aux jours où nous étions heureux ensemble, avant que tu me trahisses.

Assise à la table de Carmen et Juan Ramirez, Rebecca discutait avec l'épouse d'un présentateur de la télévision espagnole. Mais elle ne voyait qu'Alejandro, juste en face, si froid et si distant qu'elle en avait mal.

Inutile de se leurrer : jamais elle ne parviendrait à se disculper à ses yeux. Comme elle se sentait vulnérable… Depuis le premier instant où elle avait pénétré dans cet endroit qui lui rappelait tant de souvenirs, elle avait les nerfs complètement à vif.

Après s'être habillée, elle était rapidement passée au salon de coiffure. En quelques minutes, une esthéticienne avait parachevé son apparence avec un maquillage soigné. Maîtrisant ses appréhensions, elle était descendue pour rejoindre Alejandro.

C'est alors qu'elle avait trouvé son père. Il lui ressemblait tellement qu'elle n'avait pas hésité à se présenter. Heureusement, il ne connaissait pas son nom. Un peu soulagée au premier abord, elle avait vite compris que c'était un Casanova, mais avait accepté de danser avec lui par pure politesse. Assez ironiquement, c'est à cet instant précis qu'Alejandro avait choisi d'apparaître.

Pour le moment, il écoutait stoïquement sa mère se plaindre avec volubilité, une coupe de champagne à la main. Calmement, il lui prit son verre pour le poser sur la table, hors de sa portée. Quelques minutes plus tard, elle appela un serveur pour en avoir un autre.

Quand elle le vida d'un trait, Alejandro fronça sévèrement les sourcils. Et lorsque Juan Ramirez apparut brusquement et qu'elle se leva, il dut la soutenir pour l'empêcher de tituber.

Elle se répandit soudain en récriminations acerbes contre son mari, à la grande stupéfaction des convives, qui s'étaient tus. Même pour Rebecca, qui ne comprenait pas l'espagnol, la situation était extrêmement déplaisante. Alejandro chercha à s'interposer quand sa mère se précipita vers Juan. Mais ce dernier repoussa son fils pour prendre sa femme dans ses bras. Carmen éclata alors en sanglots et enfouit son visage contre son épaule.

Alejandro se tassa sur sa chaise avec une expression impénétrable.

— Il a une liaison avec Isabella Ayala, expliqua à voix basse la voisine de Rebecca. Une jeune actrice prometteuse, pleine de talent.

Rebecca se tourna vivement vers elle, le cœur battant la chamade. Elle se ressaisit aussitôt, mais son interlocutrice avait dû deviner son trouble car elle lui tapota gentiment le bras.

— Non, non, ne vous inquiétez pas. Il s'agit de Juan, pas d'Alejandro, ma chère. Il est très épris de vous, n'est-ce pas ? C'est vraiment triste pour ses parents car cette aventure semble plus sérieuse que les autres. Juan parle même de quitter sa femme — en tout cas, c'est ce que dit mon mari.

Quelques minutes plus tard, Rebecca s'excusa pour aller aux toilettes. Elle adressa un sourire compatissant à Alejandro, qui demeura de marbre.

Elle avait besoin d'échapper à cette atmosphère pesante pour se retrouver seule quelques instants et essayer d'imaginer ce que ressentait Alejandro. Sa voisine de table se trompait : il n'était pas du tout épris d'elle. Mais il était visiblement très affecté par la querelle entre ses parents, même s'il s'efforçait de le masquer.

Néanmoins, sa propre situation ne lui permettait pas de se laisser aller à la pitié. Elle devait se montrer aussi dure et impitoyable que lui. L'avenir de Layton International en dépendait.

Elle retoucha son rouge à lèvres avant de rejoindre la table. Carmen et Juan Ramirez étaient partis, mais Alejandro parlait avec une ravissante créature, une main posée sur son bras, le visage penché vers le sien. La jeune femme, qui paraissait tendue, hocha la tête avant de s'éclipser. Un soulagement inexplicable envahit Rebecca.

Alejandro fit volte-face et l'aperçut.

— Nous partons, annonça-t-il sèchement en la prenant par le bras.

Elle se contenta de hocher la tête. Elle n'aimait pas le voir ainsi, aux prises avec des émotions qu'il parvenait mal à contrôler. Cela l'obligeait à le considérer comme un être humain, un homme vulnérable, susceptible de souffrir — l'homme qu'elle avait autrefois aimé de toute la force de son âme.

Cette fois-ci, ils quittèrent l'hôtel par la grande porte. Les flashes des paparazzi crépitèrent, mais Alejandro les ignora souverainement. Dans la limousine, Rebecca éprouva le besoin de rompre le lourd silence.

— L'hôtel est encore plus beau que dans mes souvenirs.

— *Gracias.*

— Le service est impeccable.

— *Sí.*

La jeune femme soupira.

— Je suis désolée pour toi, Alejandro.

Il se tourna vers elle. Les bras croisés, elle regardait par la vitre d'un air absent.

— Pourquoi es-tu désolée, Rebecca ?

Elle plongea ses yeux turquoise dans les siens.

— A cause de ce qui s'est passé. De tes parents.

— Cela ne change pas. Ils ont toujours été ainsi.

— C'est vrai, pour la jeune actrice ?

— Ça l'était, mais c'est fini.

— C'est à elle que tu parlais ?

Il soupira.

— *Sí.* Elle n'a pas intérêt à remettre le grappin sur lui ou il lui en cuira.

Il secoua doucement la tête. Son père trouverait une nouvelle maîtresse et sa mère se soumettrait. Cela se passait toujours ainsi. Quant à Isabella Ayala, qui, plus gourmande que les autres, voulait décrocher le mariage, Alejandro lui avait remis les idées en place. Sans lui, ses parents n'avaient aucune fortune et il n'hésiterait pas à couper les vivres à son père si ce dernier demandait le divorce.

— Tu n'es jamais fatigué, Alejandro ?

Il sursauta.

— *Qué ?*

Rebecca se pencha pour poser une main sur son genou, provoquant aussitôt en lui une flambée de désir. Il ne savait même plus quelle question elle avait posée…

— Ce doit être épuisant de voir continuellement le monde en noir et blanc, avec les méchants d'un côté et les gentils de l'autre, reprit-elle doucement. Le gris existe aussi, avec toutes sortes de nuances. Et puis tu n'es pas obligé de vouloir tout contrôler. La Terre continuera à tourner sans toi.

Alejandro resta coi. Elle avait fait mouche. Depuis qu'il était tout petit, il voulait toujours tout maîtriser, sans jamais lâcher prise. C'était sa planche de salut. Comment pouvait-elle lire ainsi clairement en lui ?

Quand elle s'écarta, il resta un instant interdit, à la regarder fixement.

— Tu ne sais rien, lança-t-il sèchement en recouvrant ses esprits. Tu n'as aucune conscience du poids de mes responsabilités. Très jeune, j'ai dû me débrouiller seul et m'occuper de ma famille. Tout repose sur moi, depuis toujours. Mes parents n'ont jamais compris ce besoin d'ordre et de discipline. Tu l'as bien vu ce soir, non ?

Elle baissa la tête.

— Je comprends ton embarras, mais…

— Mon embarras ? s'esclaffa-t-il. *Dios*, si seulement

les choses étaient aussi simples ! Non, mon père et ma mère m'ont toujours infligé leurs caprices, leurs drames personnels et leurs colères. Idem pour Valencia et Roberto. Si je n'avais pas trouvé en moi la force de résister, je ne serais pas devenu l'homme que je suis aujourd'hui.

Il tourna un instant la tête vers la vitre et regarda défiler les façades illuminées.

— Roberto est mort parce qu'il était faible, reprit-il, une boule dans la gorge. Il ressemblait trop à nos parents et il en a payé le prix. Valencia a fui en épousant un Parisien. Elle ne revient que très rarement en Espagne.

— Je l'ignorais, murmura Rebecca.

Alejandro se retourna vers elle ; il se sentit flancher sous son regard plein de commisération. Subitement, il eut envie de la châtier pour l'avoir percé à jour avec autant de justesse.

— Tout le monde n'a pas eu le privilège de mener une existence aussi facile que la tienne, asséna-t-il sur un ton méprisant. Certains ont dû et doivent encore travailler dur pour réussir.

Un rire amer mourut sur les lèvres de Rebecca.

— Quelle présomption démesurée ! Tu crois vraiment tout savoir, n'est-ce pas ? Eh bien, tu te trompes : tu ne sais rien de ma vie.

— Je sais que tu es née avec une cuillère en argent dans la bouche, et que les erreurs de gestion que vous avez commises, ton père et toi, t'ont obligée à prendre des risques inconsidérés. Ton imprudence et ta voracité ont fini par causer ta perte.

Elle le foudroya du regard.

— Je ne sais pas qui est le plus vorace de nous deux ! Avec tout ce que tu possèdes, tu n'étais pas obligé de me ruiner en rachetant mon entreprise. Epargne-moi ton hypocrisie, Alejandro !

Il faillit pousser un soupir de soulagement. Là, il se

trouvait en terrain connu, loin des sujets dangereux qui le touchaient de trop près.

— Les affaires sont les affaires, déclara-t-il sentencieusement.

— Il ne s'agit pas de cela en l'occurrence. Tu en as fait une question personnelle. Tu étais déterminé à trouver une faille.

Alejandro se figea, croyant qu'elle parlait de Layton International. Mais Rebecca n'était pas au courant de tous les détails. Sinon, elle se serait jetée sur lui avec violence, comme Carmen avait attaqué son père tout à l'heure.

Il faillit tout lui raconter : comment la banque dont il était un actionnaire important leur avait accordé les prêts que toutes les autres leur refusaient, et comment il avait fait monter les enchères en Thaïlande pour les endetter jusqu'au cou. Mais quelque chose le retint. Le moment n'était pas encore venu. Il la réduirait d'abord à sa merci pour mieux savourer sa vengeance.

Elle se traînerait à genoux devant lui pour quémander ses caresses. Même si elle avait menti sur ses sentiments pour lui, le besoin physique avait toujours existé, bien réel. Il en avait eu la confirmation avant la soirée, dans sa suite, en la voyant assise sur le canapé : elle aussi s'était souvenue, il l'avait lu dans ses yeux.

— Tu te trompes, expliqua-t-il froidement. J'ai seulement obéi aux lois du marché.

— Toi ?! Alors que tu ignorais tout du monde économique voilà encore cinq ans ! Mon père était un initié, il…

— Epargne-moi la comparaison, l'interrompit-il. De toute manière, il a mal analysé la situation puisque c'est moi qui contrôle Layton International dorénavant.

Rebecca s'enferma dans un silence rancunier. Au bout d'une dizaine de minutes, elle se remit à parler.

— J'ai une vie. Que j'aimerais retrouver. Si tu as

l'intention de me rayer des cadres, fais-le tout de suite. Cela m'évitera des souffrances inutiles.

— Layton International est toute ta vie.

Elle se hérissa.

— J'ai un appartement, des amis. Je ne peux pas rester ici indéfiniment sans savoir quels sont tes projets.

Alejandro n'était pas d'humeur à finasser.

— Allons, Rebecca, je suis sûr que tu ne sais même pas de quelle couleur sont les murs de ton appartement ! Et n'essaie pas de me faire croire que tu as un poisson rouge ! Tu passes tout ton temps à travailler.

Elle le regarda avec une expression interloquée.

— Qu'en sais-tu ?

— Je connais toutes tes habitudes. Tu commandes des plats chinois à emporter dans le restaurant Tai Pan le vendredi soir. Tu achètes tes fleurs chez Robertson et tu fais tes courses dans la petite épicerie qui se trouve en face de chez toi.

Les détectives privés lui avaient fourni un dossier complet. Malgré tout, il ignorait encore certaines choses ; à quand remontait sa dernière aventure avec un homme, par exemple… Cela l'intéressait, mais il avait refusé de payer ses limiers pour ce genre de renseignements. Il lui suffisait de savoir qu'elle vivait seule.

Rebecca le dévisageait, choquée, comme si elle prenait conscience de ce qu'impliquaient ses révélations.

— Oh… Je…

— Je suis très prudent, quand je rachète une société, expliqua-t-il. Je m'entoure de toutes les précautions.

Rebecca s'efforça de calmer sa respiration saccadée.

— Tu m'as fait surveiller ! C'est immonde ! Je n'y crois pas…

Folle de rage et de douleur, elle se plia en deux. Subitement pris de remords, Alejandro l'observa avec une inquiétude grandissante. Il n'avait pas prévu ce genre de réaction.

— *Querida*, que se passe-t-il ?

Faisait-elle une crise d'asthme, comme Anya le soir où… *Dios !* Vite, il fallait faire quelque chose ! Il sortit son téléphone portable pour appeler une ambulance.

Au même moment, la limousine s'arrêta à un feu rouge et Rebecca ouvrit la portière.

— Je sors d'ici. Je m'en vais ! s'écria-t-elle.

Il n'eut même pas le temps de se lancer à sa poursuite qu'elle avait déjà disparu dans la foule nombreuse qui se pressait aux abords de la Puerta del Sol.

7.

Déjà, elle respirait mieux. Rebecca serra frileusement ses bras nus. Elle avait oublié son étole dans la voiture, mais il n'était pas question de revenir en arrière.

Alejandro l'avait fait surveiller. C'était minable, pitoyable. On l'avait épiée dans sa vie privée, on avait observé tous ses faits et gestes. Que savait-il d'autre ? Qu'elle n'avait pas eu de relations sexuelles depuis un an et demi ? Qu'elle continuait à prendre la pilule dans l'espoir de rencontrer un homme qu'elle aimerait autant qu'elle l'avait aimé, lui ?

Elle essuya ses joues pleines de larmes, ignorant les sifflets et remarques admiratives des hommes sur son passage. Elle contourna la monumentale statue équestre d'un monarque espagnol et se dirigea vers une enseigne au néon qui clignotait au coin d'une rue. *Tío Pepe*. Elle ne savait pas où aller, mais la proximité d'Alejandro dans cette voiture lui était brusquement devenue insupportable. L'image de Parker Gaines flotta dans sa mémoire, avec ses sourires mielleux, ses mensonges et ses magnétophones qui enregistraient en secret leurs conversations. La confrontation finale avec son père l'avait cruellement mortifiée. Promptement, elle chassa ces images de son esprit.

La rue pavée montait vers une sorte de porte médiévale. Etait-ce l'endroit où Alejandro l'avait emmenée autrefois, un quartier animé, avec des cafés et des restaurants ? Elle pourrait au moins s'asseoir pour réfléchir un peu avant de retourner à la villa.

Car il lui faudrait bien s'y résoudre. Toutes ses affaires étaient là-bas, jusqu'à son porte-monnaie et ses papiers, son permis de conduire et ses cartes bancaires. Elle s'immobilisa brusquement, désemparée. Elle n'avait rien sur elle. Pas un sou. Pas même son portable.

Une main se posa sur son épaule et elle se retourna en poussant un cri.

Alejandro la serra vivement contre lui, comme pour se rassurer, avant de se reculer presque aussitôt, un masque dur figé sur ses traits.

— *Madre de Dios!* s'exclama-t-il en ôtant sa veste de smoking pour en draper ses épaules. Qu'est-ce qui t'a pris, de partir aussi vite ? J'ai cru que tu étais malade.

Elle frissonnait de froid et de peur. Pour toute réponse, elle se blottit entre les pans de la veste d'Alejandro, encore imprégnée de la chaleur de son corps.

— Retournons à la voiture, commanda-t-il.

Rebecca secoua la tête vigoureusement.

— Non ! Tu m'as mise sous surveillance, Alejandro. C'est mesquin, honteux. Je te déteste.

Il haussa les sourcils.

— Tu me détestes plus pour ça que pour Layton International ?

Elle baissa les yeux.

— Ce n'est pas la même chose.

— En quoi est-ce différent ?

Il semblait sincèrement curieux, comme s'il cherchait à saisir le pourquoi de ses réactions.

— Ce n'est pas la première fois..., dit-elle énigmatiquement. C'est une impression très désagréable, comme... une intrusion. Presque un viol.

— Il s'agissait d'une simple enquête. Cela se fait couramment dans le milieu des affaires, non ?

Trop couramment, hélas... Rebecca secoua tristement la tête : Alejandro ne pouvait pas comprendre.

— C'était strictement professionnel, insista-t-il.

— Non. Tu es animé par un esprit de vengeance. Tu m'as fait venir à Madrid pour me faire du mal et tu as réussi. Je te félicite. Es-tu content à présent ? Puis-je retourner à New York et t'oublier définitivement ?

— Tu abandonnerais si facilement la partie ? demanda-t-il en fronçant les sourcils. Tu renoncerais à Layton International ?

— Ai-je vraiment le choix ?

— Peut-être, répondit-il doucement.

Elle se mordit la lèvre. Elle jouait un jeu dangereux en le provoquant ainsi. Elle avait besoin de rester, de suivre les opérations au jour le jour. Sinon, tout était perdu.

— Que veux-tu dire ?

— Viens. Rentrons à la maison.

Comment une seule petite phrase pouvait-elle susciter une telle nostalgie ? C'était chez lui, pas chez elle — et encore moins *chez eux*. De toute façon, elle ne possédait pas vraiment de chez soi. Son appartement lui servait uniquement pour dormir et entreposer ses vêtements. La maison familiale avait été vendue à la mort de son père et sa mère était retournée à Paris. La Belle Amélie était le seul endroit auquel elle demeurait attachée, pour des raisons sentimentales, parce qu'elle y était née.

— Je ne remonterai pas avec toi dans cette voiture. Si tu essaies de m'y obliger, je crie.

Alejandro eut une expression amusée.

— La *policía* me donnera raison contre toi, *amor*. Premièrement, tu ne parles pas espagnol. Deuxièmement, je suis un homme en vue, éminemment respectable.

Pourquoi le sourire de cet homme la touchait-il toujours autant ? Elle regarda ailleurs pour ne pas chavirer.

— C'est bien l'endroit où nous sommes venus autrefois ? demanda-t-elle en indiquant la porte.

— *Sí*. La Plaza Mayor.

Elle aimait jusqu'à sa façon de rouler les « r », si mélodieuse… C'est sur cette place qu'Alejandro l'avait embrassée pour la première fois, à une terrasse de café. Elle se souvenait encore de la sensation bouleversante que lui avait procurée le simple effleurement de ses lèvres. Instantanément, elle avait eu envie de se pendre à son cou.

— Laisse-moi y aller, dit-elle sans réfléchir. J'aimerais la revoir.

Il la scruta longuement.

— Explique-moi ce qui s'est passé dans la voiture.

— Une crise de panique, Alejandro. J'ai simplement eu besoin de sortir de cet espace confiné pour respirer à l'air libre.

Il se frotta pensivement le menton, comme s'il n'arrivait pas à se décider.

— D'accord, allons-y.

— Je préfère être seule.

— Non, je t'accompagne.

Elle capitula en soupirant.

— Tu permets ? demanda-t-il en tendant la main pour attraper son portable dans sa veste. Je dois joindre Garcia pour lui expliquer où nous rejoindre.

Rebecca hocha la tête et tressaillit à son contact quand il effleura sa poitrine pour atteindre la poche intérieure. Quand il eut raccroché, ils cheminèrent un instant en silence avant de déboucher sur la place.

— Dans quel café m'avais-tu emmenée ? demanda-t-elle.

Il pointa son index vers des arcades illuminées.

— Là-bas. Près de l'Arco de Cuchilleros. Tu veux y aller ?

— Non.

Elle avait failli dire oui. Mais il ne fallait pas trop

tenter le diable… Elle observa longuement les balcons et l'architecture des maisons tandis qu'Alejandro se tenait tranquillement de côté, les mains dans les poches.

— Il y a deux cent trente-sept balcons et neuf accès à la Plaza Mayor, annonça-t-il.

— C'est très beau.

Il haussa les épaules.

— Au temps de l'Inquisition, on brûlait les hérétiques sur cette place.

Des notes de violon s'élevèrent dans la douceur nocturne. Rebecca ferma les yeux en se balançant doucement au son de la musique. C'était si beau, si paisible… Inévitablement, elle se souvint d'une nuit d'amour entre les bras d'Alejandro, bercée par une sonate pour violon.

— Je sais à quoi tu penses, murmura-t-il doucement, tout près.

Elle rouvrit brusquement les yeux. Comment un homme pouvait-il être aussi séduisant ? Il avait l'air d'un ange déchu, avec ses cheveux noirs et son regard fascinant.

— Non, tu ne sais pas, répliqua-t-elle, le cœur battant à tout rompre.

Il glissa un bras autour de sa taille.

— *Sí*. Moi aussi, je me souviens…

Un signal d'alarme retentit dans le cerveau de Rebecca, mais trop tard. Déjà, Alejandro la pressait tout contre lui. Elle réprima une exclamation.

— Oui, j'ai envie de toi, dit-il simplement.

— Pourtant, tu me détestes.

Son sourire avait le pouvoir d'éclairer les coins sombres de son âme. En ce moment, il ressemblait tellement à l'homme qu'elle avait connu autrefois que son cœur se serra douloureusement.

— Toi aussi, tu me hais. Cela n'empêche pas le désir, *no* ?

Ils se balançaient tous deux langoureusement au rythme de la musique. Subitement, elle n'eut plus envie d'être ailleurs. Leurs corps se reconnaissaient, vibraient à l'unisson. Les seins de Rebecca se gonflèrent et une coulée de lave roula dans ses veines depuis son bas-ventre.

Elle céda à la tentation de presser la joue contre le torse d'Alejandro. Son cœur battait vite et fort, lui aussi.

Quand il la caressa au creux des reins, elle retint son souffle. Elle était comme un instrument de musique entre ses mains, attendant d'être délicatement accordée. Cela faisait si longtemps…

— *Madre de Dios*, laissa-t-il échapper au bout d'un moment en s'écartant légèrement.

— Qu'y a-t-il ?

Il lui lança un regard qui en disait long.

— Rien… S'il n'y avait pas tout ce monde autour de nous…

Du bout des doigts, il effleura sa pommette et descendit vers sa gorge, traçant une ligne de feu sur sa peau. Elle se figea lorsqu'il prit son menton entre le pouce et l'index pour l'obliger à lever son visage vers le sien.

— Je veux te déshabiller très lentement, lui chuchota-t-il en frôlant à peine ses lèvres. Embrasser chaque centimètre de ton corps et te faire l'amour pendant toute la nuit.

Rebecca sentit sa bouche s'assécher. Comme elle avait envie de s'abandonner à lui !

Mais le pouvait-elle ? Ne serait-ce pas pure folie de recommencer la même erreur ? Elle était partagée. Comment ne pas se laisser attendrir par le chagrin qu'elle avait lu dans ses yeux, pendant la scène de ménage entre ses parents ? Lui aussi avait beaucoup souffert. Il avait perdu un enfant et évoqué à demi-mot une enfance très difficile.

Pour se forcer à réagir, elle énuméra en son for intérieur tout ce qui plaidait contre lui : il ne la respectait pas en tant que personne, la jugeait malhonnête, sans moralité, et n'éprouvait qu'une attirance physique, obéissant à un instinct animal. Il voulait seulement son corps, rien d'autre.

— Je… Je ne peux pas, bredouilla-t-elle en se dégageant pour faire demi-tour.

Faire revivre le passé était impossible. Elle avait eu tort de revenir ici, de se blottir dans ses bras en se souvenant d'une autre époque, innocente et spontanée. Le cours du temps ne se remontait pas ; il continuait à avancer, inexorablement. Tout était sa faute. Pourquoi avait-elle insisté pour revoir cette place ?

Alejandro la rattrapa en quelques secondes pour la pousser presque violemment dans l'ombre d'une arcade.

— Tu es à moi, Rebecca, fit-il avec véhémence. Aussi longtemps et aussi souvent que je le veux. J'ai payé le prix bien assez cher. Tu ne peux pas m'échapper.

A ces mots, il scella sur sa bouche un baiser brûlant et dévastateur. Et lorsqu'il la lâcha enfin, elle faillit se jeter à son cou pour l'embrasser de nouveau.

Ils demeurèrent silencieux pendant tout le trajet de retour jusqu'à la villa. Recroquevillée contre la portière, Rebecca contemplait les lumières de la ville à travers la vitre, en repensant à ce baiser fou. A ce moment précis, Alejandro aurait pu lui demander n'importe quoi. Mais il ne l'avait pas fait. Il prenait un malin plaisir à jouer avec ses émotions, elle s'en rendait compte maintenant. En fait, il cherchait seulement à la dominer. Il n'avait même pas l'intention de la séduire. Il voulait juste l'humilier, la réduire à sa merci.

Il était plus de minuit quand ils arrivèrent. Dans le salon, Rebecca s'arrêta un instant.

— Merci de t'être montré… compréhensif quand je me suis sauvée.

— Quand et à quelle occasion as-tu déjà fait l'objet d'une enquête ? la questionna-t-il à brûle-pourpoint.

Elle tendit sa veste à Alejandro, qu'elle avait gardée sur les épaules.

— Tiens, je te la rends avant d'oublier.

Il l'attrapa par le poignet pour la retenir.

— Rebecca ?

Les larmes lui montèrent aussitôt aux yeux.

— Bonne nuit, Alejandro.

Elle ne voulait pas parler de l'épisode Parker Gaines avec lui, le seul homme qu'elle avait vraiment aimé et qui l'avait rejetée si brutalement.

Il raffermit son emprise pour l'empêcher de s'enfuir.

— Ce n'est pas grave. Tu n'es pas obligée de me le dire maintenant.

Elle cessa de se débattre et le regarda droit dans les yeux.

— Lâche-moi. Je veux me coucher.

— Moi aussi.

— Seule, Alejandro.

Il l'enlaça résolument.

— C'est impossible, *querida*. J'ai d'autres intentions.

— Tu ne peux pas me forcer.

Il haussa les sourcils en suivant sa colonne vertébrale du bout des doigts.

— Te forcer ? Ce ne sera pas la peine. Tu as déjà envie de moi.

Rebecca secoua vigoureusement la tête. Elle ne flancherait pas. C'était trop risqué, trop dangereux.

— Non, répéta-t-elle. Tu te trompes.

— Pas du tout, insista-t-il contre sa bouche. Et de toute manière, cela n'a pas d'importance. Tu es à moi.

Cette fois-ci, Rebecca garda les lèvres closes, fermement. Il tenta d'insinuer le bout de sa langue, mais elle résista de toutes ses forces. Il y allait de son salut. Ce qu'elle avait appris sur lui éveillait une compassion infinie et risquait de l'enchaîner encore davantage si elle cédait.

Pourquoi cet homme soulevait-il en elle un tel ouragan de passion ? Pourquoi pas un autre ? David, par exemple, qui l'avait patiemment aimée, et avait fini par la quitter parce qu'il souffrait trop de son indifférence…

Ce n'était pas juste.

— *Dios !* Ne me repousse pas.

Glissant fébrilement les mains sous sa robe, il la dénuda brusquement jusqu'à la taille.

— Alejandro, non !

— Toute la soirée, je me suis demandé si tu avais un soutien-gorge, dit-il d'une voix rauque en la dévorant des yeux. Je crois que tu n'as pas de culotte non plus.

Joignant le geste à la parole, il posa les mains sur ses fesses, nues.

— La robe était trop ajustée. Cela se serait vu…, bredouilla-t-elle.

— Enlève-la. Tout de suite.

— Non. Si quelqu'un nous voit ?

— Il n'y a personne.

Il la lui ôta lui-même, presque brutalement, et le corps de Rebecca lui apparut dans toute sa splendeur. Elle n'avait plus que ses hauts talons. Il recula d'un pas pour la contempler.

— Tu es magnifique.

Elle frissonna en se baissant pour remonter sa robe, mais il fut plus rapide qu'elle et la souleva dans ses bras.

— Non, grommela-t-il. Ne te rhabille pas. Je t'emmène dans mon lit.

8.

Un nouvel accès de panique envahit Rebecca quand elle se retrouva dans la chambre d'Alejandro. N'était-ce pas une autre de ses ruses pour la rabaisser, l'humilier ? Elle commença à se débattre et à donner des coups de pied.

— Calme-toi, ordonna-t-il en la déposant sur le lit.

Puis il s'allongea sur elle, tout habillé, et se mit à l'embrasser dans le cou.

— Demande-moi de te laisser tranquille, Rebecca. Dis-moi de m'en aller…

Sa bouche se referma sur la pointe d'un sein tandis que ses doigts se glissaient impatiemment entre ses cuisses. Il ne lui laissait même pas le temps de prendre conscience des sensations qui l'envahissaient.

— Alejandro, articula-t-elle dans un souffle.

— Ose prétendre que tu n'as pas envie de moi, insista-t-il en accentuant ses caresses.

Elle frissonna, éperdue de désir.

Il la mena très vite tout au bord de l'extase, puis s'arrêta brusquement et se redressa pour enlever ses boutons de manchettes. Elle le regarda faire, égarée, le cœur battant.

Incapable de résister, elle tendit la main pour toucher son visage, son front, ses pommettes, ses lèvres qui lui donnaient tant de plaisir…

Alejandro s'immobilisa pour l'observer intensément. Sans le quitter des yeux, elle glissa un doigt à l'intérieur de sa bouche. Il la laissa faire, sans réagir.

— Alejandro, chuchota-t-elle.

Ses oreilles bourdonnaient, sa tête était prête à éclater. Partagée entre l'amour et la haine, elle ne savait plus où elle en était. Comment y voir clair dans cette confusion des sentiments ?

— *Sí, mi amor ?*

Elle trouva le courage de poser la question qui l'obsédait, et l'avait obsédée durant cinq longues années.

— Est-ce que tu l'aimais ?

Tout se passait si bien entre eux jusqu'au coup de théâtre de ses fiançailles... Maintenant, il fallait qu'elle sache.

Il déboutonna sa chemise et posa la main de Rebecca sur son torse musclé. Ses yeux s'assombrirent.

— Je n'ai jamais aimé aucune femme et je n'en aimerai jamais aucune.

— Pauvre Alejandro, murmura-t-elle. Tu dois te sentir bien seul.

Une terrible expression de souffrance se peignit sur ses traits. Sans doute se refuserait-il toujours à l'admettre, mais il n'était pas un surhomme. Cela l'aurait soulagé de partager le poids de ses soucis avec une femme aimante, compréhensive.

— Maintenant, tais-toi ! Ne pose plus de questions.

Il acheva d'ôter ses vêtements et se coucha sur elle.

— Contente-toi de sentir les choses. Le reste n'a pas d'importance.

Sa bouche captura la sienne et cette fois-ci Rebecca ne lui en interdit pas l'accès. Elle était à la fois terrifiée et ravie par ce qui arrivait. Elle aurait dû s'enfuir très vite et le plus loin possible avant de s'avilir tout à fait, mais elle en était incapable. Son être vibrant réclamait Alejandro, comme s'il lui était destiné de toute éternité. Elle s'ouvrit à lui, totalement. A ce moment-là, il la contempla avec une expression indéchiffrable.

Il entra en elle pour se retirer presque aussitôt.

— Alejandro, s'il te plaît.

Il émit un grognement sourd avant de la pénétrer plus profond. Elle poussa un cri.

— Je t'ai fait mal ? demanda-t-il, hésitant.

— Non, non... Mais cela fait longtemps...

Une étincelle s'alluma au fond des yeux gris argent.

— Longtemps ?

Elle acquiesça en bougeant un peu les hanches pour retrouver des sensations oubliées.

Une sorte de satisfaction farouche éclaira l'expression de son amant.

— Tu aurais dû me le dire. J'aurais fait plus attention.

— Non, tu ne m'aurais pas crue. Oh..., gémit-elle comme il se dégageait avant de la transpercer de nouveau.

— Rebecca...

Allait-il acquiescer ou protester ? Elle ne le saurait jamais : son prénom mourut sur ses lèvres quand il commença à bouger en elle, très doucement, comme s'il avait peur de la meurtrir.

Elle se raccrocha à ses épaules.

— Je ne suis pas fragile, ne crains rien.

Leurs souffles se mêlèrent tandis que leurs corps se confondaient, de plus en plus vite. Alejandro perdit complètement le contrôle qu'il tentait de conserver sur lui-même, déchaînant toute la passion dont il était capable. Rebecca se retenait de toutes ses forces, en espérant prolonger son plaisir le plus longtemps possible.

Mais il finit par éclater avec une violence inouïe, qui lui coupa le souffle. Elle s'arc-bouta contre le corps d'Alejandro en sanglotant. Une seconde plus tard, il s'effondrait lui aussi en criant son nom.

Quelques minutes plus tard, avec un soupir d'aise, elle promena ses paumes sur le dos, les reins, les fesses de son amant. Elle avait commis une erreur grave en refaisant l'amour avec cet homme. Mais pour l'instant, elle essayait de tenir à distance les regrets et la peur de souffrir.

Il avait gagné. Sur tous les plans. Non seulement il avait racheté sa société, mais il l'avait débusquée au bout du monde pour la dépouiller de tout, au propre et au figuré. Il ne lui restait rien, pas même une once de dignité. Dans quelques minutes, il se lèverait avec un air méprisant et lui ordonnerait de disparaître de sa vue.

Quand il s'appuya sur un coude pour la regarder, son expression la déconcerta. Au fond de ses yeux brillait un curieux mélange de confusion, de colère et de passion.

Il l'embrassa presque tendrement. Ainsi qu'elle le craignait, Rebecca se sentit fondre…

Le clair de lune réveilla Alejandro au milieu de la nuit. Il redressa la tête, désorienté. Pourquoi n'avait-il pas fermé les volets ? Très vite, une succession d'images et de sensations lui revinrent à l'esprit.

Dios… Il se tourna vers la femme qui dormait dans son lit, recroquevillée tout au bord, comme pour se tenir le plus loin possible de lui. Il réprima une exclamation de colère et se leva, pieds nus, pour se diriger vers la fenêtre. Cela faisait de longs mois qu'il n'avait pas ressenti un tel bien-être physique. En dépit de l'ambiguïté de leurs relations, il était resté fidèle à sa femme, jusqu'au divorce. Dans les mois qui avaient suivi, il s'était jeté à corps perdu dans d'innombrables aventures sexuelles, pour panser ses plaies.

En tout cas, c'est ce qu'il avait espéré.

Jusqu'à cette nuit, avec cette femme que pourtant il détestait. L'espace de quelques heures, il avait complètement oublié sa haine.

Mais la haine était toujours là, bien vivante. Il pressa les doigts contre ses tempes. Tout s'était déroulé selon ses plans. Il l'avait séduite pour mieux la détruire. Il le devait à Anya, morte prématurément. Anya, l'enfant qu'il aurait dû avoir avec Rebecca…

Il serra les poings. Il n'avait rien fait de mal. Tout s'était passé comme prévu. Peu importait qu'elle soit restée longtemps sans relations sexuelles, qu'elle ait percé à jour les secrets de son âme. Elle était superficielle, calculatrice. Elle avait couché avec lui uniquement par intérêt.

Il ferma brièvement les yeux en serrant fort les paupières. Parfois, la confusion de ses idées lui faisait peur.

— Alejandro ?

Il s'approcha du lit. Un rayon de lune illuminait d'argent la chevelure en désordre de Rebecca. Instantanément, son désir se réveilla.

— Je suis là, répondit-il.

Soudain, une autre pensée lui traversa l'esprit. Il avait oublié de mettre un préservatif. Cela ne lui arrivait jamais…

— Tu prends la pilule ? demanda-t-il brutalement.

Elle sursauta.

— Quoi ? Oh oui, oui. Ton détective ne te l'a pas dit ?

Il haussa les épaules, soulagé.

— Il s'agissait d'une enquête professionnelle, je te l'ai déjà dit !

L'appel de la chair le taraudait de nouveau. Il arracha le drap pour embrasser Rebecca sur le ventre, puis glissa plus bas, au-delà de la fine toison soyeuse, vers le cœur de son intimité.

— J'en mourais d'envie depuis si longtemps…, murmura-t-il contre son sexe.

Il adorait ses cris et ses gémissements, sa façon de se tendre comme un arc avant de sombrer dans la jouissance en criant son nom. Il ne s'arrêta pas à la première extase, mais continua sans relâche jusqu'à ce que de fines gouttelettes de transpiration recouvrent sa peau.

Puis il entra en elle, sans finesse ni délicatesse cette

fois : il n'en était plus capable. Lorsqu'il perdit tout contrôle de lui-même, s'oubliant complètement, il poussa un cri rauque. Puis, repu, il roula sur le côté en la serrant dans ses bras.

Le corps de Rebecca tressaillait encore de petits spasmes, qui éveillaient en Alejandro un instinct jaloux de propriétaire. Il lui caressa distraitement le haut du bras.

— Qui t'a surveillée ? la questionna-t-il.

Sur le point de s'endormir, elle se raidit.

— C'est sans intérêt.

— Je veux savoir.

Elle le repoussa.

— Et moi, je ne souhaite pas en parler. De toute façon, cela ne te concerne pas.

Piqué au vif, il insista.

— C'était un amant ?

— Non.

— Un rival ?

— Arrête, je ne dirai rien.

Son intuition le guida.

— Quelqu'un de ta famille ?

A sa réaction, il comprit qu'il avait deviné juste. Il entortilla une mèche de cheveux autour de son doigt pour amener son visage près du sien.

— Parle-moi, *querida*.

Elle soupira.

— De toute façon, cela n'a plus aucune importance…

Puis elle se tut, si longtemps qu'il la crut endormie. Mais quand il approcha la bouche de ses seins, elle poussa une petite note plaintive.

— C'était ton père ?

Qui d'autre que Jackson Layton aurait loué les services d'un détective privé pour la surveiller ? Alejandro ne l'en blâmait pas. Peut-être aurait-il fait pareil avec Anya s'il avait craint pour sa sécurité.

— Oui.

— Tu ne me diras rien de plus ?

Elle secoua la tête, les yeux fermés. Autrefois, elle lui aurait tout raconté. Mais cette époque était révolue.

Heureusement, car il ne voulait surtout pas éprouver de pitié pour elle.

Le lendemain matin, les affaires d'Alejandro le réclamèrent une nouvelle fois à Dubaï. Les négociations au sujet du permis de construire, sur le point d'aboutir, nécessitaient sa présence.

Rebecca ne s'attendait pas à être du voyage. En fait, au sortir de cette nuit de sexe, elle ne savait pas trop ce qu'Alejandro lui réservait.

— Tu es ma maîtresse, lui expliqua-t-il.

Elle faillit s'étouffer en entendant ce mot.

— Ta maîtresse ?! Il y a seulement quelques jours, j'étais P.-D.G. d'une chaîne d'hôtels de luxe.

— Plus maintenant, commenta-t-il avec une expression hostile.

L'amant merveilleux avait disparu, remplacé par l'homme d'affaires impitoyable qui avait mis la main sur Layton International. Rebecca se maudit intérieurement. Au grand jour, il lui paraissait incroyable d'avoir oublié sa vraie nature pour s'abandonner à lui.

A leur arrivée à l'aéroport de Dubaï, cet après-midi-là, une Mercedes les attendait pour les conduire sur la côte de Jumeirah, où Alejandro avait l'intention de s'implanter. Le chauffeur les déposa à leur hôtel, où on les accueillit avec déférence.

Leur suite offrait une vue imprenable sur le golfe Persique, avec la silhouette extraordinaire de l'hôtel Burj Al Arab de l'autre côté de la baie. Rebecca sortit sur la terrasse. Des palmiers bruissaient doucement dans la brise, au bord de la plage. Juste au-dessous, une armée de serveurs s'affairaient pour servir les clients attablés autour de la piscine. Dans le salon, Alejandro parlait au téléphone. Il n'avait pas l'air content.

Sur la gauche, les grues et les engins de chantier attendaient, immobiles, au milieu d'un terrain vague. Chaque jour qui passait valait de l'or. Même avec sa fortune considérable, Alejandro ne pourrait pas se permettre de patienter indéfiniment.

Rebecca rentra et examina le décor. Une télévision à écran plat et une chaîne haute-fidélité occupaient tout un coin de la pièce, à côté du bar, devant un canapé et des fauteuils confortables. Il y avait une table pour prendre les repas près d'une fenêtre. Dans la chambre trônait un lit immense avec des monceaux d'oreillers. Et le comble du luxe était la salle de bains au sol dallé de marbre, dotée d'une baignoire à jets.

— Tu aimes ? demanda Alejandro en la rejoignant.

— Oui, ce n'est pas mal.

— Seulement ? insista-t-il, l'air irrité.

— C'est très bien.

Il se rembrunit.

— C'est *remarquable*, non ? Infiniment mieux que la plupart de tes hôtels. Que j'améliorerai, cela va sans dire.

Elle ne répondit pas à la provocation. Il avait probablement eu de mauvaises nouvelles et passait sa mauvaise humeur sur elle.

— Bien sûr, Alejandro.

— Tu te moques de moi ?

Elle secoua la tête.

— Pas du tout.

Il passa un doigt sur le bord de son décolleté.

— Enlève ça.

En dépit de ses résolutions, Rebecca sentit la colère monter.

— Non.

— Tu n'as pas le choix.

Elle le défia du regard.

— On a toujours le choix, Alejandro. Je refuse d'être traitée comme une prostituée. Si tu veux démanteler Layton International pour te venger de moi, fais-toi plaisir ! Tu ne pourras pas continuellement me contrôler par des menaces.

Un masque impénétrable se figea sur le visage d'Alejandro. Puis, brusquement, un sourire l'illumina.

— Tu m'étonneras toujours, *bella*.

Il l'attrapa par la taille.

— Mon rendez-vous a été repoussé à demain matin. Aide-moi à occuper cet après-midi, qui s'annonce interminable. Je voudrais le passer au lit avec toi…

— Je ne suis pas à ton service, protesta-t-elle, encore fâchée malgré son ton plus léger.

— Allons, ma rebelle…, insista-t-il en glissant la main sous son chemisier pour dégrafer son soutien-gorge.

— Si tu apprenais à demander, au lieu de lancer des ordres…

Son air de dangereux prédateur le quitta ; il se fit doux et implorant comme un agneau.

— S'il te plaît, Rebecca. J'ai envie de toi.

Rebecca ne vit pas beaucoup Alejandro pendant les deux jours qui suivirent. Il se levait à l'aube pour rencontrer les représentants officiels du gouvernement, avant de partir faire le tour de ses chantiers à venir — du moins l'espérait-il.

Mais quand ils étaient ensemble… C'était un amant insatiable, qui vénérait son corps avec une adoration sans bornes. Elle était incapable de lui dire non.

Rebecca s'étira avec un soupir langoureux pendant qu'Alejandro était sous la douche. Il était rentré tôt aujourd'hui, et d'humeur joyeuse. Il avait enfin réussi. Tout était en règle. Les travaux pouvaient commencer.

Elle aimait le voir ainsi, heureux et détendu. Comme autrefois, avant leur séparation et ce mariage qui s'était terminé tragiquement.

— A quoi penses-tu, *mi amor* ?

Elle sursauta. Elle ne l'avait pas entendu approcher. Il était debout près du lit, une serviette nouée autour des reins.

— Qu'est-il arrivé à Anya ? demanda-t-elle à brûle-pourpoint.

Sans savoir pourquoi, elle avait beaucoup pensé à la petite fille, ces derniers temps. Sans doute parce que sa mort avait métamorphosé Alejandro. Son ancienne nature réapparaissait parfois mais, la plupart du temps, il n'était plus que l'ombre de l'homme qu'elle avait connu.

Elle avait envie de savoir, de comprendre.

Il ferma les yeux, puis les rouvrit, la mâchoire crispée.

— Elle souffrait d'une malformation cardiaque congénitale. Malheureusement, on ne l'a pas diagnostiquée à temps pour l'opérer.

Rebecca tendit la main vers son visage ; il l'évita. Pour une fois qu'il avait retrouvé sa joie de vivre, elle avait tout gâché…

— Je suis désolée, dit-elle. Pour toi et ta femme.

Alejandro était devenu blême, les traits tirés.

— Des enfants de trois ans ne devraient pas mourir d'une crise cardiaque.

— Je n'aurais pas dû te poser la question. Pardonne-moi.

— Beaucoup de gens me demandent. Il faut que je m'habitue.

Incapable de parler, Rebecca avait simplement envie de le serrer dans ses bras. Mais il commença à s'habiller.

— J'ai du travail. Si tu veux faire du tourisme ou du shopping, appelle Ali. Il est à ta disposition.

Puis, sans un regard en arrière, il disparut.

Alejandro était nerveux, sous tension, comme un taureau en cage avant de rentrer dans l'arène. Il tambourina des doigts sur l'accoudoir de la limousine en réfléchissant à la femme qu'il venait de laisser dans son lit. Pourquoi lui avait-il parlé d'Anya ? Sa question l'avait pris au dépourvu et sa propre réaction le surprenait lui-même.

Pourquoi avait-il accepté d'aborder le sujet ? Cela ne la regardait pas. Une femme comme elle ne méritait pas ses confidences.

Une femme comme elle ?

Une femme qui fondait à son contact, qui le rendait fou de plaisir, qui se révoltait quand il allait trop loin et qui insistait pour être traitée avec respect et dignité…

Que lui arrivait-il ? Il se ramollissait. Même s'il n'arrivait pas à se rassasier de son corps, ce n'était pas une raison pour perdre de vue son objectif : l'anéantissement de Rebecca Layton. C'est ce projet qui l'avait soutenu pendant les heures les plus noires de son existence. Il ne fallait pas flancher maintenant.

Le moment était venu de saper les fondements de sa fourbe personnalité, au moins pour se prouver qu'il en était capable. Il s'y attellerait le soir même.

9.

Une armée de serveurs arriva pour apporter le dîner dans la suite. Pour une fois, Alejandro était rentré pour manger avec elle. La plupart du temps, Rebecca grignotait seule, assise devant son ordinateur. Elle mettait à profit ses loisirs forcés pour travailler. Tant qu'on ne la privait pas de ses prérogatives, elle continuait à gérer Layton International.

Elle avait fait du courrier tout l'après-midi, préoccupée toutefois par sa conversation avec Alejandro. Pareille tragédie était inimaginable. Après tout ce qu'il avait enduré, elle comprenait pourquoi il avait tellement changé. Le cœur gros, elle le contempla avec une compassion infinie.

Sans même s'en rendre compte, elle était retombée amoureuse. Comme il était beau ! Sa chemise blanche faisait ressortir sa peau bronzée et ses cheveux de jais. Si seulement elle avait pu empêcher le désastre qui était en train de fondre sur elle… Il avait à peine ouvert la bouche depuis son retour. Comment rétablir la communication ?

Fallait-il lui présenter des excuses ? En fait, elle ne regrettait pas d'avoir abordé le sujet Anya. Cela l'aidait à le comprendre, à lui pardonner sa rudesse et sa brutalité.

Le sommelier versa un peu de vin dans le verre d'Alejandro, qui le goûta rituellement avant d'acquiescer.

— J'ai décidé de déménager les bureaux de Layton International à Madrid, annonça-t-il tout à coup.

Rebecca faillit en lâcher sa fourchette.

— Tu as l'air surprise, ajouta-t-il, désinvolte.

Elle avala une gorgée de vin pour se donner une contenance.

— Evidemment puisque, jusqu'à présent, tu ne m'as rien dévoilé de tes projets. Que deviennent mes employés ? Ils sont une centaine à travailler au siège, à New York.

Alejandro haussa les épaules.

— Les chefs de service recevront des propositions intéressantes pour s'installer à Madrid. Les autres salariés auront des indemnités de licenciement substantielles, avec une assistance technique pour retrouver un emploi.

— Tu m'annonces cela parce que je t'ai parlé d'Anya ?

Une lueur dansa au fond de ses yeux gris.

— Pas du tout. Je discute affaires.

Elle repoussa son assiette en s'appuyant contre le dossier de sa chaise. Elle n'avait plus faim.

— Vraiment ? Je ne te crois pas. Tu es furieux contre moi.

— Je fais pour le mieux en fonction de mes intérêts. Cela n'a rien à voir avec toi.

— Tu n'as pas le droit de t'en prendre aux gens qui travaillent pour moi. Ils ne t'ont rien fait.

— De toute façon, tu n'as pas le choix. Tu connaissais les risques au moment de souscrire à ces emprunts hasardeux.

Ce qui était malheureusement l'amère et stricte vérité… Et légalement, elle n'avait plus aucun droit sur l'entreprise familiale.

— Et moi ? questionna-t-elle. Je suis remerciée ?

Il attendit quelques secondes avant de répondre.

— Pas encore.

Tout à coup, Rebecca en eut assez. Toutes ces menaces, ces manipulations devenaient intolérables.

— Je ne suis pas sûre de pouvoir continuer, dit-elle doucement en repliant sa serviette.

— Continuer quoi ?

— Je veux savoir quels sont tes projets, précisément. Je ne supporte plus l'incertitude.

Son regard la brûla.

— Tu es ma maîtresse. Il n'y a rien d'autre à attendre.

Aurait-elle la force de s'arracher à sa séduction ? Elle recula sa chaise pour se lever.

— Où vas-tu ?

— A la réception, demander une autre chambre, annonça-t-elle le plus calmement possible.

— Tu ne résoudras pas les problèmes en prenant la fuite, Rebecca.

Elle revint résolument sur ses pas.

— Tu n'es pas un dieu, Alejandro. Tu as beau t'étourdir de ta puissance en donnant des ordres du haut de ta tour d'ivoire, rien ne ramènera ton enfant à la vie. *Rien*.

C'était tellement évident. Comment pouvait-il être aussi aveugle ? Consumé par la rage et la douleur, il était mené par des forces destructrices dont il n'avait pas conscience.

Il se leva d'un bond, mais elle poursuivit, sans se laisser intimider :

— C'est toi qui m'accuses de prendre la fuite ? Alors que tu te dérobes lâchement depuis la minute où ta fille est morte ?

— Sors d'ici, hurla-t-il.

Elle refusa de hausser le ton.

— Tu n'as même pas le courage de m'écouter... Mais tu ne pourras pas toujours refuser de voir les choses en face. La réalité finira par te rattraper.

— Va-t'en tout de suite, avant que je...

— Tu ne me fais pas peur avec tes menaces, le coupa-t-elle. De toute façon, tu as déjà gâché ma vie. Irrémédiablement.

*
* *

Le voyage de retour jusqu'à Madrid s'accomplit dans un silence pesant.

A travers ses paupières mi-closes, Alejandro observait Rebecca à la dérobée : elle faisait semblant d'être absorbée par la lecture d'un magazine.

Elle avait passé la dernière nuit dans une autre chambre, mettant plusieurs étages entre eux deux. Malgré l'envie qu'il en avait, il n'avait pas cherché à la rattraper.

Madre de Dios, comment avait-elle osé lui parler ainsi ? Pendant plusieurs heures, il avait vainement cherché le sommeil, ressassant ses paroles. Que savait-elle de lui et de la tragédie qui avait ravagé son existence ? Elle n'avait jamais vécu cette expérience traumatisante. Il était resté une éternité dans la salle d'attente de l'hôpital, à guetter l'arrivée d'un médecin tout en essayant vainement de joindre sa femme à Milan, où elle assistait à un défilé de mode.

Rebecca ne savait pas de quoi elle parlait !

Il n'allait pas la laisser continuer à mettre son cœur à nu. C'était trop douloureux. Il fallait faire cesser ce supplice ou il risquait de perdre complètement le contrôle de la situation.

Dès qu'ils atterriraient à Madrid, il renverrait Rebecca aux Etats-Unis. Pour toujours. Il la mettrait dans un avion à destination de New York.

Il s'appuya sur le repose-tête et ferma les yeux.

Non, il valait mieux attendre encore un peu. Tout cela était planifié depuis si longtemps… Il ne pouvait pas vider son sac et lui dire adieu dans un aéroport.

Il ne pouvait pas non plus lui parler maintenant, ou la fin du voyage serait épouvantable. Mais ce soir… Il la séduirait une dernière fois, userait de son corps au gré de son plaisir, puis lui asséner ait le coup final, qui la détruirait aussi sûrement qu'elle l'avait détruit, lui.

Après l'atterrissage, Alejandro fit raccompagner Rebecca à la villa pendant qu'il se rendait dans son bureau du centre-ville. Il avait besoin d'être un peu seul pour se délecter de la scène qu'il préparait. Malgré tout, il la redoutait un peu. La perspective de supporter les larmes et les supplications de Rebecca le rendait nerveux. A présent, il avait hâte d'en finir.

Mais était-ce la solution ? Pourquoi ne pas faire durer un peu son plaisir, pour jouir encore plus pleinement de son triomphe ? Nerveux, hésitant, il fit les cent pas dans le bureau pendant un long moment. Finalement, il décida d'attendre encore un peu. Ce soir, il l'emmènerait au Teatro Real. Et ils feraient l'amour en rentrant.

Flora était dans le vestibule quand il franchit le seuil de la villa, deux heures plus tard. A sa vue, elle fronça les sourcils d'un air réprobateur et disparut. Des valises étaient posées dans un coin.

— Tu rentres déjà ?!

Il leva les yeux. Vêtue d'un tailleur-pantalon gris, Rebecca sortait du bureau.

— Tu vas quelque part ? demanda-t-il, menaçant.

— Oui, répondit-elle d'un air de défi.

Elle avait les yeux rouges, gonflés.

— Que se passe-t-il ? Tu as pleuré, *querida* ?

Il était peut-être arrivé quelque chose à sa mère. Dans ce cas, il mettrait son avion à sa disposition. Quand il s'approcha pour l'embrasser, elle s'esquiva si vivement qu'elle faillit perdre l'équilibre.

— Non, ne me touche pas.

Les bras d'Alejandro retombèrent le long de son corps, inertes, tandis qu'un poids lui comprimait douloureusement la poitrine.

— Qu'y a-t-il ? Parle ! ordonna-t-il en revenant à son autorité coutumière.

Evidemment, il se doutait bien de ce qui s'était produit…

Pour toute réponse, elle le gifla. Puis, les yeux rivés

aux siens, telle une furie, elle se jeta sur lui pour marteler son torse de ses poings serrés.

Il la saisit par les poignets pour tenter de la maîtriser.

— Rebecca, pour l'amour du ciel !

Elle réussit à se libérer, avec une force qui le stupéfia, et lui fit face avec un regard assassin.

— La banque t'appartient, Alejandro ! Depuis plus d'un an ! La seule banque qui avait consenti un prêt à mon père !

Elle éclata en sanglots avant de poursuivre :

— J'ai d'abord cru à une erreur. Cela paraissait invraisemblable. Mais non, c'est bien toi qui as financé cet emprunt à risque. Toi aussi qui nous as vendu les hôtels en Thaïlande, en sous-main. Tu as tout manigancé avec une habileté diabolique. Jusqu'au rachat de Layton International.

Alejandro haussa les épaules.

— *Sí*, c'était mon but ultime, expliqua-t-il d'une voix sans timbre.

Elle s'avança, livide.

— Mon père est mort en Thaïlande ! s'écria-t-elle. A cause de toi ! Oh, mon Dieu, comment ai-je pu…

Etrangement, sa détresse touchait Alejandro.

— Comment as-tu eu connaissance de la situation ?

— Par Roger Cahill. Quelle ironie, n'est-ce pas ?

— Tu étais en contact avec lui ?

Cahill soutenait financièrement la société qui lui mettait des bâtons dans les roues à Dubaï. Ainsi, Rebecca avait encore tenté de lui nuire…

— Je lui ai demandé ce qui s'était passé exactement il y a cinq ans, dit Rebecca. Tu aurais dû faire pareil.

— Ce n'était pas la peine puisque je le sais, déclara-t-il sèchement.

— Pas vraiment. Mon père est effectivement intervenu auprès de Cahill, mais pour te punir de m'avoir fait souffrir. Même si les Layton sont en partie responsables, il faut aussi t'en prendre à toi-même. Il n'y aurait pas eu de problème si tu n'avais pas été fiancé.

Alejandro plissa les yeux, perplexe. Que racontait-elle ? Cela n'avait pas de sens…

A ce moment-là, on sonna à la porte.

— C'est mon taxi, dit Rebecca. Je te suggère John Barnes pour me succéder à la direction de Layton International.

La stupéfaction cloua Alejandro sur place. Ce n'était pas du tout ainsi qu'il avait imaginé la scène. La situation était en train de lui échapper. Rebecca ne pouvait pas l'abandonner une deuxième fois !

— Tu t'en vas ? Et ta société ?

— Elle est à toi maintenant, n'est-ce pas ? Je ne vais pas attendre d'être renvoyée comme une vulgaire employée pour refaire ma vie.

Quand elle passa devant lui, il l'agrippa par le bras, submergé par une émotion qu'il ne comprenait pas.

— Ce n'est pas fini.

Elle lui jeta un regard de dégoût.

— Si. Adieu, Alejandro.

Elle se dégagea. Sous le coup d'une pulsion primitive, presque incontrôlable, il faillit la traîner dans la chambre et l'enfermer à double tour. Elle finirait bien par retrouver le sourire et faire de nouveau l'amour avec lui comme s'il était le seul homme au monde.

Mais il demeura immobile, sans rien dire. N'avait-il pas gagné ? Il était le maître de Layton International. Rebecca n'avait plus rien. Il avait atteint le but qu'il poursuivait depuis cinq ans.

Combien de temps resta-t-il ainsi au milieu du hall ? Quand il recouvra ses esprits, les ombres du crépuscule s'allongeaient.

Rebecca était partie…

*
* *

Comme toujours en été, l'atmosphère de New York était étouffante. Rebecca se dépêcha de rentrer dans son appartement climatisé, non sans être passée à la pharmacie.

Vingt minutes plus tard, elle lut le résultat du test.

Rose.

Le cœur battant, elle reposa le bâtonnet. Comment était-ce possible ? Le mois dernier, à la suite de petits saignements, elle avait consulté sa gynécologue, qui lui avait prescrit une nouvelle pilule. Serait-ce l'explication ?...

Envahie par un curieux mélange de joie et de souffrance, elle observa son reflet dans la glace. Elle était pâle, avec les traits tirés et les yeux cernés ; elle avait maigri. Elle s'obligea à calmer sa respiration. Il ne fallait pas céder à la panique.

Son bébé avait besoin d'une mère en bonne santé. Il fallait dormir et s'alimenter convenablement. Elle pressa une main sur son ventre. Elle était enceinte. D'Alejandro. Elle aimait déjà cet enfant farouchement. Elle eut envie de téléphoner à Alejandro pour lui annoncer cette merveilleuse et terrible nouvelle, mais elle se retint.

Il ne l'aimait pas, ne l'avait jamais aimée. Il se contentait de jouer avec les gens en les manipulant comme des pantins.

Rebecca passa une main tremblante dans ses cheveux. *Ô Seigneur...* Elle était seule, à l'aube d'une nouvelle existence. Comment arriverait-elle à concilier sa vie professionnelle avec son bébé ? Car elle avait besoin de travailler. Depuis la mort de son père, elle ne s'était pas octroyé un seul salaire et ses économies avaient fondu. Qui les aiderait ?

Certainement pas sa mère. Ni Alejandro.

Cela faisait maintenant un mois qu'elle espérait un signe de sa part, depuis qu'elle avait quitté Madrid. Un mois atroce… Quelle idiote d'avoir cru qu'il se manifesterait pour implorer son pardon !

Elle revoyait encore son expression hautaine et méprisante, juste avant son départ, pendant leur ultime confrontation. Il n'avait même pas tenté de se disculper. Il se moquait complètement de l'abandonner dans un champ de ruines.

Elle était encore atterrée par l'ampleur de sa trahison. Il ne s'était pas contenté de surveiller de loin la chute de Layton International, il y avait pris part activement, en débusquant les faiblesses de son père pour mieux le piéger. Mais loin de s'en contenter, après la mort de Jackson Layton, il s'était acharné sur sa fille, impitoyablement. Roger Cahill lui en avait fourni les preuves incontestables.

En lui abandonnant sa société, elle avait choisi la seule solution possible pour préserver son équilibre et sa tranquillité d'esprit. Submergée par la colère et l'amertume, elle s'était laissée aller à haïr Alejandro Ramirez.

Pourtant, son père était resté maître de ses choix et avait agi en connaissance de cause. Même si Alejandro avait truqué la situation, Jackson Layton n'était pas une marionnette. Il s'était entêté à acheter les hôtels en Thaïlande contre l'avis de ses meilleurs conseillers. Il avait manqué de jugement.

On ne pouvait donc raisonnablement pas accuser Alejandro de l'avoir tué. Son père avait toujours été un vrai casse-cou, avec le goût du risque chevillé au corps. Ce passionné d'escalade, de plongée et de saut en parachute avait cent fois bravé la mort. C'était même un miracle qu'il ait vécu aussi longtemps.

Rebecca posa une main possessive sur son ventre. Elle ne cherchait plus à nier l'évidence. Quand était-elle de nouveau tombée amoureuse d'Alejandro ? Le jour où il l'avait surprise dans son bureau avec l'album photo ? Le soir où elle avait croisé son regard éperdu de désir, à la Villa de Musica ?

Mais peut-être n'avait-elle jamais cessé de l'aimer ?

De toute manière, peu importait. Elle aimait cet homme qui avait pourtant détruit sa vie. Et elle était enceinte de lui !

Il lui manquait tellement, la nuit, qu'elle avait fini par dormir sur le canapé, enveloppée dans un drap, pour ne pas se sentir trop seule dans un grand lit. Elle avait besoin de la chaleur de son corps, de ses caresses, du rare sourire qui illuminait parfois son visage et qui la subjuguait.

A l'évidence, il n'en allait pas de même pour lui. Non seulement il ne s'était pas lancé à sa poursuite, mais il n'avait même pas téléphoné ni envoyé le moindre message. Elle avait juste reçu un chèque d'indemnité de licenciement des Entreprises Ramirez, sans un mot d'accompagnement. Il y avait fort à parier qu'Alejandro n'était pas, comme elle, torturé par des nuits d'insomnie, hanté par les souvenirs.

Elle était seule désormais. Et elle s'apprêtait à vider son appartement de New York avant de partir à Londres pour travailler dans le groupe Cahill.

Elle poussa un long soupir. Ils avaient fait un bébé ensemble... C'était merveilleux. Un vrai miracle. Elle aurait tant voulu qu'il sache ; et qu'il les aime...

La gorge de Rebecca se serra. Saurait-elle être une bonne mère ? Jusque-là, sa carrière professionnelle l'avait accaparée tout entière. Et si elle n'avait pas la fibre maternelle, comme sa propre mère ? Si elle n'était pas capable d'élever son enfant correctement, il était inutile de le mettre au monde.

Elle poussa un soupir qui ressemblait à un sanglot.

Il fallait avertir Alejandro. Il chérirait cet enfant autant qu'il avait aimé Anya, même s'il haïssait la mère. Mais comment être sûre qu'il ne chercherait pas à le lui enlever, justement parce qu'il la détestait ?

Elle se donnerait d'abord le temps de la réflexion.

*
* *

Les jours suivants passèrent dans un tourbillon. Entre les rendez-vous médicaux et la préparation du déménagement, Rebecca n'eut pas le temps de penser à elle.

Un soir en rentrant, elle acheta deux livres sur la grossesse et l'accouchement, et un autre sur l'éducation des jeunes enfants, espérant y puiser quelques conseils utiles dans les nouvelles tâches qui l'attendaient.

Des souvenirs d'enfance lui revenaient à la mémoire. Elle songeait à toutes les fois où elle guettait le retour de son père en regardant par la fenêtre. Si d'aventure sa mère s'en apercevait, elle la rabrouait vertement : « Ton père travaille, ma belle. Il rentrera quand il pourra. A présent, va jouer dans ta chambre et arrête de pleurnicher. »

Elle n'imposerait pas la même situation à son bébé. Elle ne savait pas encore comment elle s'y prendrait, mais elle y arriverait.

Dans le couloir en sortant de l'ascenseur, un parfum qui flottait dans l'air mit brusquement ses sens en alerte. Le cœur battant, elle tourna sa clé dans la serrure, referma la porte et mit la chaîne de sécurité. Que lui arrivait-il ? Son état la rendait stupidement émotive et vulnérable. Une odeur d'eau de toilette, la même que celle d'Alejandro, suffisait à la bouleverser.

Mais il n'avait aucune raison d'être ici. Le temps où il la faisait surveiller était révolu. Il ne s'intéressait plus à elle. Aucun détective n'épiait plus ses faits et gestes pour les rapporter à son ex-amant espagnol.

Le père de son enfant…

Rebecca frissonna et posa ses livres sur la table du salon avant d'aller boire un verre d'eau fraîche dans la cuisine. Il y avait des cartons partout. Elle avait encore beaucoup à faire pour trier ses affaires personnelles avant l'arrivée des déménageurs. Un mélange de fatigue et de désespoir l'envahit.

Tout à coup, la sonnette de la porte d'entrée retentit.

Probablement Janine, sa voisine du dessous, qui passait lui dire bonjour.

— Une minute ! cria-t-elle quand on sonna une deuxième fois.

Par habitude, elle regarda par le judas avant d'ouvrir.

Ce n'était pas Janine.

Le souffle court, elle chancela. Que faisait-il ici ? Que lui dirait-elle ? Comment lui annoncer la nouvelle ?

Les larmes aux yeux, elle posa les mains sur son ventre. Non, elle n'était pas prête. Peut-être repartirait-il si elle ne faisait pas de bruit. Mais pourquoi était-il à New York ?

— Je sais que tu es là, Rebecca. Ouvre-moi.

10.

Rebecca ferma les yeux. Cette voix aux inflexions espagnoles l'inonda aussitôt d'une vague de désir. Et de fureur. Comment osait-il se présenter maintenant et exiger qu'elle lui ouvre sa porte ? Où avait-il disparu pendant tout un mois, alors qu'il aurait dû accourir pour lui demander pardon ?

— Rebecca, ouvre-moi tout de suite ou je défonce la porte !

Tout ce tapage allait affoler les voisins… Elle entrouvrit à peine, en laissant la chaîne de sécurité, et il la toisa avec son arrogance coutumière.

Il était magnifique dans son costume d'homme d'affaires gris anthracite. Si séduisant qu'elle allait craquer et lui livrer tous ses secrets.

Il la scruta attentivement.

— Tu es malade ?

Elle se sentit brusquement négligée et mal habillée. Et tellement malheureuse…

— Je vais bien. Que veux-tu ?

— Parler avec toi.

— Je t'écoute.

— Je peux entrer ?

— Non.

Il poussa un soupir agacé.

— Ne me laisse pas sur le palier. Tous les voisins vont entendre.

Levant les yeux au ciel, elle libéra la porte. De toute façon, son estomac lui jouait des tours et elle avait envie de s'asseoir. Elle lui tourna immédiatement le dos pour aller s'asseoir sur le canapé avec une hostilité manifeste, sa seule défense.

Il la suivit en jetant un coup d'œil aux cartons de déménagement, sans paraître surpris. Sans doute était-il déjà au courant de l'emploi qu'elle avait trouvé au sein du groupe Cahill.

— Tu n'as pas l'air bien, dit-il en restant debout au milieu du salon, les mains dans les poches.

Comme il était grand, imposant… Et toujours aussi attirant.

— Ce n'est rien. Que me veux-tu ?

— Tu n'as pas encaissé ton chèque de licenciement.

Rebecca cilla les paupières.

— C'est tout ? Tu n'as pas fait ce long voyage pour me dire cela ?

— Non. Je suis venu à New York pour assister au conseil d'administration de Layton International.

Rebecca refoula les larmes qui lui montèrent aux yeux. Il était là pour affaires, pas pour elle.

— Viens-en au fait et sors de chez moi, murmura-t-elle sur un ton las.

Elle n'aurait même pas la force de lui parler du bébé. Une fois qu'elle serait installée à Londres, peut-être. Il serait très en colère, mais peu importe. Son corps lui appartenait, elle n'avait pas de comptes à lui rendre.

Il sortit une enveloppe de sa poche et la posa sur la table basse.

— Si c'est un autre chèque, tu peux le garder. Je ne veux pas de ton argent.

Si elle n'avait pas trouvé de travail, peut-être aurait-elle été obligée d'y réfléchir à deux fois. Mais puisqu'elle pouvait s'en passer, c'était beaucoup mieux ainsi.

— Ce n'est pas de l'argent.

Elle décacheta l'enveloppe avec un soupir et faillit se mettre à pleurer en en découvrant le contenu.

— Je devrais refuser, mais je ne le ferai pas, déclara-t-elle, plus touchée qu'elle ne le voulait.

Elle acceptait pour son enfant, qui en hériterait un jour.

— La Belle Amélie est à toi.

— Je te paierai. Laisse-moi seulement le temps de trouver le financement.

— Non.

Ne sachant trop quelle attitude adopter, elle opta pour l'insolence.

— Franchement, Alejandro, c'est un peu trop cher payer quelques courts moments de plaisir, tu ne crois pas ?

Il ouvrit la bouche pour répondre, mais quelque chose, sur la table, attira son attention. Il se pencha pour essayer de lire le titre d'un des livres. Immédiatement, Rebecca les rassembla pour les fourrer dans un sac. Vif comme l'éclair, Alejandro le lui arracha des mains.

Un mélange de consternation et de rage se peignit sur ses traits à la vue des couvertures.

— Qu'est-ce que cela signifie ?

Rebecca faillit inventer n'importe quoi, que les livres étaient à une amie, mais elle n'y arriva pas. Ce bébé était aussi le sien. Il fallait qu'il sache. En même temps, elle était terrifiée.

— C'est une surprise, dit-elle doucement, la gorge sèche.

Une peur sans nom envahit Alejandro. Enceinte ? Elle était enceinte ? Il secoua la tête. Non, c'était impossible.

— Comment est-ce arrivé ? demanda-t-il froidement.

— Très simplement. Nous avons eu des relations sexuelles, non ?

— Comment sais-tu que ce bébé est le mien ?

Elle l'avait quitté depuis cinq semaines. Qui sait si elle n'avait pas mis ce temps à profit pour séduire un autre homme ? Roger Cahill, peut-être. Même s'il avait vingt ans de plus qu'elle, ce n'était pas invraisemblable.

Elle blêmit.

— Comment peux-tu dire une chose pareille ? Evidemment, c'est le tien. D'après le médecin, la conception remonte à sept semaines.

Alejandro lâcha le livre et enfouit son visage dans ses mains. *Dios…* Il ne pourrait jamais revivre la tragédie qu'il avait endurée avec Anya. Il revit son petit corps bleui, le trajet en ambulance, les vains efforts pour la ranimer. Le regard de son enfant continuait à le hanter. Il ne survivrait pas une deuxième fois à pareille épreuve.

Deux interrogations, aussi terribles l'une que l'autre, le déchiraient. Rebecca avait-elle couché avec un autre homme si peu de temps après l'avoir quitté ? Et si cet enfant était le sien, souffrirait-il de la même anomalie génétique qu'Anya ?

Un test de paternité apporterait vite une réponse à la première question. Mais ce ne serait pas nécessaire. Rebecca disait la vérité, il n'avait aucun doute là-dessus. Il s'approcha du canapé, sans se laisser émouvoir par son expression misérable.

— Tu m'avais dit que tu prenais la pilule. M'as-tu menti délibérément ? Ou était-ce encore une de tes ruses pour récupérer Layton International ?

Elle bondit aussitôt mais, plus rapide qu'elle, il l'attrapa par le poignet pour l'empêcher de le gifler. Curieusement, le simple contact de ses doigts sur sa peau le troubla. Ressentait-elle la même chose ?

— Tu es d'une méchanceté épouvantable, lança-t-elle. Pourquoi imagines-tu toujours tant de noirceur chez les autres ?

Il haussa les épaules avec une expression irritée.

— Je suis riche, *querida*. Ce ne serait pas la première fois qu'une femme essaierait de me piéger ainsi.

Il marqua une pause.

— J'ai déjà eu un enfant, Rebecca. Contrairement à ce que tu peux penser, je ne prends pas mes responsabilités de père à la légère.

— Tant mieux. En tout cas, j'étais réellement sous contraceptif. Mais mon médecin m'avait prescrit une autre pilule, sans prévoir les dysfonctionnements que cela occasionnerait.

Alejandro sortit son téléphone portable et appela l'aéroport pour donner ses instructions à son pilote.

— Nous rentrons à Madrid ce soir, annonça-t-il à Rebecca.

Elle croisa les bras sur sa poitrine dans une attitude de refus. Ses seins avaient gonflé. Comme si elle n'était pas déjà assez belle…, songea Alejandro. Il avait furieusement envie d'elle. Depuis un mois, cela l'obsédait.

— Bon voyage ! lança-t-elle. Merci d'être passé.

Il lui sourit de toutes ses dents.

— Tu viens avec moi, *amor*.

— Non. J'ai un travail qui m'attend à Londres. Ma vie…

— Ta vie est avec moi, désormais. Fais ta valise, *inmediatamente*. Je t'emmène.

— Nous sommes en Amérique, Alejandro. Tu n'as pas le droit de me kidnapper. C'est illégal.

Il éclata de rire. Aucune menace ne lui faisait peur.

— Peu importe. Tu m'appartiens. Ecoute-moi bien : si tu ne coopères pas, je t'enlèverai la garde de cet enfant quand il sera né et tu ne le verras plus jamais. Je suis très puissant, tu sais. Je connais beaucoup de très bons avocats.

Sous le coup de l'émotion, Rebecca se mit à respirer plus vite, prête à fondre en larmes. Mais Alejandro était déterminé. Il avait peur pour cet enfant et ferait tout ce qui était en son pouvoir pour le protéger. Il l'entourerait des soins médicaux les plus coûteux et les plus sophistiqués pour lui épargner la maladie qui avait emporté Anya, sans rien laisser au hasard.

— Pourquoi es-tu aussi cruel ? chuchota Rebecca.

Elle se rassit, avec une respiration saccadée qui l'alarma. Déjà une fois, elle avait failli avoir un malaise… Il s'agenouilla devant elle.

— Respire à fond et doucement. Tout ira bien. Je prendrai soin de vous deux, je te le promets.

Elle se pencha et posa son front contre le sien, tout en inspirant et expirant lentement. Il prit son visage entre ses mains et caressa ses joues avec les pouces.

— Arrête de te battre, *mi querida*. Calme-toi.

— Tu… Tu ne me prendras pas mon enfant ? bredouilla-t-elle.

— Non.

— Donne-moi ta parole.

Une certitude froide s'empara de lui.

— Tu n'as pas besoin de ma parole, *amor*. Tu porteras mon nom.

Comment pourrait-elle se marier avec lui ?

Une semaine plus tard, Rebecca se demandait toujours comment elle avait pu accepter de retourner à Madrid avec Alejandro. Certes, il l'avait terrorisée, avec ses menaces — cet homme était capable de tout —, mais cela n'aurait pas suffi à la convaincre. En fait, dès qu'elle l'avait revu, ses sentiments l'avaient submergée. Son contact lui communiquait magiquement la force dont elle avait besoin. Elle l'aimait tant qu'elle l'aurait suivi sur Mars s'il le lui avait demandé… Quand il lui avait si tendrement caressé la joue, elle avait même cru, follement, qu'il l'aimait aussi.

Mais c'était un espoir chimérique : depuis, il ne l'avait plus touchée.

Rebecca pressa les paumes de ses mains sur ses tempes. Elle avait finalement refusé le poste chez Cahill pour le suivre docilement en Espagne, et il lui adressait à peine la parole. Il avait vraiment eu la partie facile…

Malgré tout, c'était sans doute la meilleure décision possible pour leur enfant. Alejandro serait un bon père, farouchement protecteur, elle en avait l'intime conviction. En revanche, elle redoutait l'existence douloureuse qui se profilait devant elle. Comment vivre aux côtés de l'être aimé sans espoir de réciprocité ? Finirait-elle par s'y habituer, par ne plus souffrir ? En tout cas, il ne faudrait jamais lui dévoiler le pouvoir qu'il avait sur elle. Autant elle pouvait lui faire confiance pour prendre soin de leur enfant, autant elle devait se méfier de lui pour elle-même. Ce serait une existence solitaire, mais du moins connaîtrait-elle l'amour absolu et inconditionnel de son enfant.

Etonnamment, Alejandro rentra un jour au milieu de l'après-midi exprès pour l'accompagner à un rendez-vous médical. Il tenait à être présent, sans doute à cause de ce qui était arrivé à Anya, et il insista pour demander au médecin un test de dépistage génétique. Il tenait à s'entourer de toutes les précautions pour juguler sa peur.

Sur le trajet du retour, dans la voiture, Rebecca s'absorba dans ses pensées en regardant distraitement le paysage. Elle ne savait plus quoi dire à Alejandro, qui lui était devenu un étranger.

— Il faut fixer une date pour notre mariage, lui dit-il tout à coup. As-tu téléphoné à ta mère ?

Elle lui lança un regard las.

— Je lui ai laissé un message. Elle ne m'a pas encore rappelée.

Comme il haussait un sourcil surpris, elle ajouta :

— Elle n'est jamais très empressée avec moi.

— Veux-tu attendre de lui parler pour t'assurer de sa présence ?

Elle tripota d'un air absent un bouton de son gilet.

— Ce n'est pas la peine.

Au bout d'un moment, il rompit de nouveau le silence.

— Ma sœur a envie de faire ta connaissance.

— Moi aussi j'en serais ravie.

Alejandro avait toujours parlé d'elle en termes affectueux. La perspective de la rencontrer rendait Rebecca nerveuse et curieuse en même temps.

— Elle arrive bientôt pour un court séjour. Nous pourrions nous marier à ce moment-là.

Rebecca se mit à triturer son bracelet, cette fois.

— Elle est au courant, pour le bébé ?

— *Sí.*

— Et tes parents ?

— Ils l'apprendront bien assez tôt.

— Que penseront-ils de ce mariage ?

— Ils s'en moqueront éperdument. Ils sont trop accaparés par leurs propres vies pour s'intéresser à la mienne ou à celle de ma sœur.

Quelle amertume, dans sa voix… Mais elle le comprenait : Juan et Carmen Ramirez étaient aussi égoïstes que sa propre mère.

— Assisteront-ils à la cérémonie ?

— Tu plaisantes ? Ils seraient capables de tout gâcher par une scène de ménage.

— Tu t'es marié en grande pompe, la première fois, remarqua-t-elle. Il y avait même le Roi et la Reine.

Elle avait regardé les photos sur internet. Les mariés étaient très beaux, mais ne souriaient pas beaucoup.

— De toute façon, je ne peux pas me remarier à l'église, déclara-t-il. Comme de plus, le temps presse, nous nous contenterons d'une petite cérémonie civile, dans l'intimité.

Rebecca réprima sa profonde douleur. Elle se moquait

éperdument du décorum et des festivités. Mais elle aurait voulu faire un vrai mariage d'amour, avec des sentiments partagés. Elle avait aussi envie de comprendre pourquoi Alejandro avait épousé sa première femme, qu'il prétendait ne pas avoir aimée.

— Si ton père a cherché à m'évincer voilà cinq ans, il ne m'acceptera pas davantage aujourd'hui…

Alejandro soupira.

— Il ne s'agissait pas de toi en particulier, Rebecca. Il voulait que j'épouse la fiancée de mon frère. Roberto était mort. C'était donc à moi d'honorer ses engagements ; selon mon père en tout cas. D'après lui, l'honneur de la famille l'exigeait.

— Ton frère était déjà mort quand nous nous sommes rencontrés, observa Rebecca, les larmes aux yeux. Tu étais donc déjà fiancé…

— Non. A ce moment-là, j'étais opposé à la décision de mon père.

— Tu as pourtant fini par lui obéir.

— C'est toi qui m'as quitté, Rebecca.

Relevant le menton, elle le regarda droit au fond des yeux.

— Il m'a fallu presque un an avant de pouvoir rencontrer quelqu'un d'autre. Toi, tu t'es vite consolé.

Il parut surpris.

— Tu n'as pas tout de suite repris un amant ? fit-il, avant de froncer les sourcils. Pourquoi te croirais-je ?

— Quoi que tu en penses, je ne suis pas une femme légère. Non que je réprouve moralement ce genre d'attitude, mais ce n'est pas ma nature. Et j'ai toujours été sur mes gardes.

Alejandro avait la sensation d'être pris dans un étau. Depuis qu'il avait résolu de se marier, il se demandait parfois s'il n'avait pas été habilement manipulé. Mais le comportement et les propos de Rebecca ne cadraient pas du tout avec ses craintes.

— Que veux-tu dire, *querida* ?

— A cause de mon père et de Layton International, expliqua-t-elle succinctement.

Il comprit tout à coup pourquoi son enquête avait tant perturbé Rebecca.

— Tu étais constamment surveillée ? demanda-t-il en s'arrêtant à un feu rouge.

Elle tourna vers lui des yeux brillant de larmes. Leurs regards se croisèrent.

— Peut-être. Je n'en sais rien.

Elle s'appuya contre le dossier du siège et ferma les paupières. Comme elle paraissait fragile, tout à coup ! Il l'avait trouvée très amaigrie, à New York. Dieu merci, grâce aux bons soins de Flora, elle avait repris un peu de joues et de couleurs. Bientôt, sa grossesse se verrait.

— Pourquoi faisait-il cela ?

— Parce que j'étais une fille. Il aurait voulu un garçon pour lui succéder. Il ne faisait pas confiance aux femmes, trop vulnérables selon lui, promptes à perdre la tête à cause d'un homme.

— Pas ton genre, nota-t-il.

Rebecca l'avait toujours impressionné par sa parfaite maîtrise d'elle-même. D'ailleurs, c'était son père, et pas elle, qui avait par ses imprudences précipité la ruine de Layton International.

— Il avait pourtant des raisons de le croire, dit-elle calmement.

— A cause de moi ?

— Non, quelqu'un d'autre.

Une pointe de jalousie le transperça.

— Quand ? tonna-t-il, furieux.

— Durant l'été de mes vingt ans, à peu près deux ans avant que je te rencontre, je suis tombée amoureuse d'un homme, Parker Gaines, sans me douter que mon père l'avait engagé pour « tester mes défenses », comme il disait. J'étais jeune et sans expérience. Me séduire a été pour lui un jeu d'enfant. Il m'a volé de l'argent et extorqué la combinaison du coffre. Mon père était livide.

Rebecca tremblait encore en racontant cet épisode. Si Alejandro avait eu Jackson Layton devant lui, il l'aurait étranglé.

— Pourquoi ton père a-t-il fait une chose pareille ?

Elle haussa les épaules, comme pour minimiser la portée de ses actes.

— Il voulait m'apprendre à être impitoyable. Quand j'ai découvert l'escroquerie, il m'a convoquée dans son bureau. Parker Gaines était là, en train de siroter un whisky comme s'il avait gagné au loto. Il avait enregistré toutes nos conversations et sélectionné quelques extraits à l'intention de mon père. Quelle humiliation pour moi ! Cela m'a servi de leçon. Après cela, je me suis méfiée de tout le monde.

La riche héritière avait en fait beaucoup souffert… Sans en avoir conscience, Alejandro tendit le bras pour serrer sa main dans la sienne.

— Je suis sincèrement désolé pour toi, *querida*.

Elle se contenta de hocher tristement la tête. Comme elle avait l'air malheureuse… Il faillit s'arrêter au bord de la route pour la prendre dans ses bras.

En s'aspergeant le visage d'eau fraîche, Rebecca se demanda pourquoi elle avait confié tout cela à Alejandro. Il avait paru sincèrement ému mais sans plus. Comme n'importe qui d'autre.

En arrivant à la villa, il n'avait pas manifesté plus de tendresse que d'ordinaire. Il s'était même dépêché de descendre de voiture pour aller s'enfermer dans son bureau.

Elle ne le revit pas de la soirée. Elle dîna seule puis

monta lire tristement dans sa chambre. Elle s'endormit sur le sofa.

En se réveillant dans son lit au milieu de la nuit, Rebecca sentit immédiatement la présence d'Alejandro.

— Tu es là, avec moi, murmura-t-elle en jetant les bras autour de son cou.

— Tu étais sur le canapé. Ce n'est pas confortable.

Elle réprima un bâillement.

— Le lit est trop grand. Reste avec moi.

Il émit une sorte de grognement indistinct.

— Je ne peux pas, dit-il en se dégageant doucement.

— Pourquoi ? s'enquit-elle dans un demi-sommeil, sur un ton de reproche.

— J'ai peur de te faire du mal.

Il s'assit au bord du lit et elle tendit la main pour toucher son visage.

— J'ai déjà beaucoup souffert. J'ai l'habitude.

— Rendors-toi, Rebecca.

Il déposa un baiser au creux de sa paume et reposa sa main sur le drap. Avant de sombrer de nouveau dans le sommeil, elle eut vaguement l'impression qu'il lui caressait les cheveux.

Mais peut-être n'était-ce qu'un rêve…

11.

Rebecca n'avait pas prévu une telle précipitation. Valencia et son mari arrivaient dès le lendemain, et Alejandro et elle se mariaient dans l'après-midi. Le matin, il lui avait présenté un contrat en bonne et due forme. Ce mariage qui engageait sa vie avec l'homme qu'elle aimait était malheureusement une pure convention, un moyen, et non un but…

Philippe, le mari de Valencia, avait pu se libérer en avance et ils se rendirent tous les quatre à la mairie, dans une ambiance gaie et chaleureuse. Alejandro adorait visiblement sa sœur, une personnalité vive et enjouée dont la bonne humeur était communicative. Le couple, follement amoureux, avait deux enfants, restés à Paris sous la garde de leurs grands-parents. Ils vivaient un pur bonheur, que Rebecca ne connaîtrait malheureusement jamais, même après la naissance de son bébé.

La cérémonie se déroula en espagnol, avec une traduction en anglais pour Rebecca, conformément à la loi. En théorie, elle ne résidait pas en Espagne depuis suffisamment longtemps pour s'y marier, mais Alejandro, sans doute grâce à son argent et son pouvoir, avait réussi à contourner ce point de détail.

A la fin, Valencia serra Rebecca dans ses bras.

— Je suis très contente pour mon frère, dit-elle avec un fort accent espagnol. Il mérite tant d'être heureux…

Manifestement, ni elle ni son mari n'avaient percé les

apparences… Philippe donna l'accolade à Alejandro en le félicitant avec force démonstrations et Valencia l'embrassa en lui chuchotant quelque chose à l'oreille.

En sortant de la mairie, ils firent les magasins pour préparer la venue du bébé. Devant l'air terriblement distant d'Alejandro, Rebecca eut plusieurs fois envie de le consoler. Sans doute se souvenait-il avec tristesse de la dernière fois où il avait choisi de la layette… Elle lui serra la main subrepticement avant de rejoindre Valencia, qui s'extasiait sur une parure de couffin.

A leur retour à la villa, après un dîner festif au restaurant, Valencia et Philippe se retirèrent assez vite dans leur chambre. Rebecca se préparait à les imiter quand Alejandro l'arrêta d'un geste.

— Nous dormirons tous les deux dans la chambre de maître, *mi esposa*. Les circonstances nous l'imposent, non ?

Les tempes bourdonnantes, Rebecca le suivit dans la pièce où ils avaient fait l'amour pour la première fois après cinq ans d'une interminable séparation. Etait-ce là qu'elle était tombée enceinte, ou à Dubaï ?

Comment Alejandro pouvait-il lui imposer cela, alors que, la nuit précédente, elle s'était stupidement abaissée à quémander sa présence ? Un quart d'heure plus tard, comme le silence s'éternisait, elle se décida enfin à parler.

— Franchement, je ne vois pas pourquoi je jouerais cette comédie ridicule. Tu m'as assez clairement signifié que tu ne voulais pas partager mon lit.

— Les domestiques parleront, *querida*. Et puis tu te trompes, j'ai très envie de dormir avec toi.

— Pourtant, hier…

— Hier, nous n'étions pas mariés, trancha-t-il, péremptoire.

Elle croisa les bras sans comprendre.

— Cela ne change pas grand-chose pour nous…

Pour toute réponse, il la détailla de pied en cap.

— Tu as l'air fatiguée.

Rebecca supposa qu'il tentait d'esquiver un sujet éprouvant…

— L'après-midi de shopping a dû te rappeler des souvenirs douloureux, observa-t-elle.

Il la rejoignit sur les coussins du canapé et se mit à déboutonner sa robe de soie crème. Il ne se laissait pas abuser facilement… Quand cesserait-il de fuir la réalité ?

En fait, sa réaction du moment n'était pas pour lui déplaire… Fébrilement, elle commença à lui enlever sa chemise. Aussitôt, il prit sa bouche dans un baiser ardent qui la transporta.

— Oh, Alejandro, tu m'as manqué…

— J'ai besoin de toi, Rebecca, murmura-t-il.

Elle s'abandonna sans réserve à son baiser fou. Jamais encore il ne lui avait parlé ainsi. Il avait déjà prononcé les mots « envie » ou même « désir ». Mais jamais « besoin ».

Bientôt, ils furent complètement nus et Rebecca noua les jambes autour des cuisses d'Alejandro. Comme il semblait hésiter un peu, elle poussa un gémissement.

— J'ai peur de te faire mal, murmura-t-il en scrutant son expression.

— Mais non, pourquoi ? Fais-moi l'amour, Alejandro. Je t'en prie.

Silencieusement, elle ajouta les mots qu'elle ne pouvait dire à voix haute : « je t'aime… »

L'instant d'après, il était en elle et leurs deux corps se soulevaient à la rencontre l'un de l'autre dans une parfaite harmonie.

Rebecca s'éveilla au milieu de la nuit, seule. De la lumière filtrait sous la porte du salon. Elle enfila en hâte le premier vêtement qui lui tomba sous la main — la chemise d'Alejandro, dont elle roula les manches plusieurs fois, en humant avec délice l'odeur qui l'imprégnait.

Alejandro était assis sur le canapé, un album photo sur les genoux. Elle s'immobilisa sur le seuil, le cœur battant. Il leva les yeux à ce moment-là. Comme il ne semblait pas en colère, elle s'enhardit et s'approcha. Elle s'installa à côté de lui puis posa la tête sur son épaule.

Ils restèrent silencieux un long moment.

— Elle avait confiance en moi, dit-il enfin. Je n'ai pas été à la hauteur.

Rebecca se pelotonna à genoux tout contre lui et l'enlaça.

— Ce n'est pas ta faute. Ce n'est la faute de personne.

Il ne répondit pas.

— Tard dans la soirée, je suis allé la border, expliqua-t-il au bout d'un temps interminable. Elle était déjà toute bleue. Les médecins n'ont pas pu la sauver.

Elle lui caressa les cheveux.

— Je suis sincèrement désolée.

— Je ne veux pas revivre cela.

— Il n'en est pas question.

— On ne peut jamais savoir à l'avance.

Elle lui prit la main et la posa sur son ventre.

— Moi je sais, déclara-t-elle farouchement. Cela n'arrivera pas. Je ne le permettrai pas.

— J'ai dit exactement la même chose. Et pourtant… Même moi, il y a certains événements que je ne peux ni prévoir ni contrôler.

Alejandro reposa son stylo en jurant violemment. Quelque chose n'allait pas. Il ne se sentait décidément pas bien. Il avait envie de rentrer à la villa pour faire l'amour à Rebecca.

Il lui avait raconté le drame qui avait ébranlé son existence, mais sans aller jusqu'au bout. En toute sincérité, il aurait dû lui avouer qu'il la rendait responsable de tout ce qui lui était arrivé, jusqu'au chagrin atroce qui l'avait dévasté. Mais comment l'aurait-il pu, alors qu'elle le tenait tendrement par le cou et portait leur enfant dans son ventre ?

Il ne savait même pas s'il lui en voulait encore… Il était complètement perdu.

Il ne parvenait pas à se concentrer. Pourtant, les affaires s'arrangeaient. A Dubaï, il avait fini par régler le problème du permis de construire et la reprise en main de Layton International ne posait pas de problème particulier. Sauf qu'il perdait du temps inutilement. Rebecca se serait montrée une aide précieuse.

Plus d'une fois, il avait failli réclamer son assistance. Mais quelque chose le retenait. Il n'osait pas. Par peur de paraître faible ou hésitant. Ou peut-être parce qu'elle était enceinte ? Il fallait la ménager. Pourtant, même si une partie de lui-même avait envie de la protéger, l'expérience lui avait enseigné que l'instinct maternel n'a rien à voir avec la disponibilité. Caridad, qui disposait de tout son temps, s'était montrée au-dessous de tout. Sa propre mère et celle de Rebecca aussi. Toutes trois étaient beaucoup trop égocentriques.

Valencia n'avait pas tari d'éloges sur Rebecca… *Madre de Dios*, il était marié ! A Rebecca Layton ! Si quelqu'un lui avait prédit une chose pareille seulement deux mois plus tôt, il aurait éclaté de rire. Et en plus, elle était enceinte de lui…

Quand sa secrétaire lui apporta le courrier à signer, il tenta de se remettre au travail. Pourtant, rien ne réussit à chasser l'image de Rebecca, ni la perspective d'un nouveau contrat en Inde ni l'étude d'un projet en Russie. Il avait offert un Bikini rose vif à sa jeune épouse et rien ne lui plaisait tant que de la retrouver allongée au soleil au bord de la piscine.

Quand il finit par appeler son chauffeur, les journalistes l'attendaient au-dehors. Son récent mariage avait ravivé leur intérêt, mais il n'y prêtait guère attention. Ses années de célébrité en tant que torero l'avaient aguerri.

— *Señor* Ramirez, avez-vous délibérément détruit Layton International ? Quel rôle avez-vous joué dans la mort de Jackson Layton ? S'est-il suicidé, comme certains le laissent supposer ?

Alejandro sentit brusquement le sol se dérober sous ses pieds.

— J'ai acheté la société en toute légalité, répondit-il le plus calmement possible. On ne peut absolument rien me reprocher.

— Pourtant, la banque qui a consenti un prêt à Jackson Layton vous appartenait. S'agissait-il d'une décision mûrement réfléchie ou d'un calcul de votre part ? Que pense Rebecca Layton de ces révélations ?

— Vous parlez sans doute de Rebecca Ramirez, lança Alejandro, tâchant de masquer sa fureur.

Malheureusement, il savait ce qu'il en était. Comment avait-il espéré qu'elle tombe amoureuse de lui ? Tout ce qu'elle faisait, la moindre caresse ou le moindre baiser, n'était que savant calcul et mensonge…

Elle cherchait uniquement à l'embarrasser, à salir sa réputation d'homme d'affaires pour en tirer des bénéfices. Croyait-elle vraiment être la plus forte ?

— Et maintenant, laissez-moi tranquille, fulmina-t-il avant de s'engouffrer dans sa limousine.

Dire qu'il avait failli retomber dans le piège… Dieu merci, Rebecca s'était trahie en se dévoilant. Il avait retrouvé d'un coup son but et sa lucidité. Dès que le bébé serait né, il couperait les ponts avec cette femme sournoise qui ne cherchait qu'à lui nuire.

*
* *

— Merci pour le thé, Flora, dit Rebecca tandis que la domestique s'éclipsait discrètement.

La gouvernante, qui au début l'avait prise en grippe, était maintenant aux petits soins. Installée à l'ombre du bougainvillée, Rebecca feuilletait un catalogue d'échantillons pour la chambre du bébé. Ils ne connaîtraient pas le sexe avant plusieurs semaines, mais elle espérait secrètement une fille. Peut-être parce qu'elle s'en sentirait plus proche. Ensuite, ils auraient un garçon. Qui aurait le sourire d'Alejandro…

Derrière la porte-fenêtre, un mouvement attira son attention.

— Alejandro ! s'exclama-t-elle en bondissant sur ses pieds.

Elle s'en voulut d'être si spontanée. Etait-elle incapable de dissimuler ses sentiments ?

— Que se passe-t-il ? demanda-t-elle, arrêtée dans son élan par son air furieux. Tu as eu un problème au bureau ? Tout va bien ?

Il la rejoignit en deux enjambées et l'agrippa par le bras.

— Un problème au bureau ? tonna-t-il. Comme si tu n'étais au courant de rien… Comment ai-je pu tomber de nouveau dans tes filets ?

Il la repoussa violemment et, subitement, elle eut l'impression que tout son univers s'effondrait. Elle croisa les bras sur sa poitrine sans comprendre, comme pour se protéger. Elle était paralysée, incapable de bouger, et sa vue se brouilla. Même les oiseaux s'arrêtèrent brusquement de chanter.

Elle s'enjoignit de respirer. Ensuite, la pensée de son bébé parvint à la faire réagir et elle recouvra un semblant de maîtrise d'elle-même.

— Parle-moi, dit-elle très calmement. Dis-moi exactement ce qui se passe.

— Comme si tu l'ignorais, répliqua-t-il brutalement en lui tournant le dos.

— Dis-le-moi ! hurla-t-elle avec colère, incapable de se contrôler. Je ne sais pas de quoi tu parles !

Elle se sentait blessée, humiliée. Comment osait-il la traiter ainsi ?

La respiration d'Alejandro se fit brusquement plus saccadée, comme s'il avait couru depuis le centre-ville ou escaladé une montagne.

— Calme-toi, ordonna-t-il. Pense à l'enfant que tu portes. Tu es responsable.

Rebecca essuya furtivement ses larmes.

— J'attends tes explications, murmura-t-elle, encore étourdie par la violence de son comportement.

— Qu'as-tu raconté aux journalistes ? dit-il en lui faisant face de nouveau. Comment as-tu pu parler du suicide de ton père ? et surtout m'en rendre responsable ?

Elle le fixa sans comprendre, avec une expression abasourdie.

— Un suicide ? C'est impossible ! De toute façon, ce n'était pas lui qui pilotait l'avion…

— Ne fais pas semblant de rien ! C'est toi qui as inventé cette histoire de toutes pièces. Tu veux me faire passer pour un criminel, un obscur torero avide de gloire et de réussite, prêt à tout pour y parvenir.

Il s'interrompit un instant en la foudroyant du regard.

— Tu cherches à me discréditer aux yeux de mes actionnaires, n'est-ce pas ? Après les rumeurs de Dubaï, tu continues à œuvrer à ma perte. Mais tu ne gagneras pas contre moi ! Les Entreprises Ramirez résisteront, quoi qu'il advienne !

Rebecca s'efforça de contrôler sa respiration. En dépit de l'émotion qui l'étreignait, elle ne se laisserait pas déstabiliser. Elle ne céderait pas à la panique.

— Voilà donc ce que tu penses de moi, déclara-t-elle.

Et tu te soucies davantage des cours de la Bourse que de mon bien-être ou celui du bébé.

— Non, c'est toi qui es un monstre d'égoïsme, Rebecca. Tu ne vises qu'à récupérer Layton International, par n'importe quelle manigance. Le reste t'indiffère. Tu m'as manipulé tout du long. Tu as délibérément arrêté la pilule pour me piéger, et simulé une crise de panique pour me contraindre à t'épouser.

Le sang de Rebecca se glaça dans ses veines. A l'intérieur, son cœur saignait atrocement, mais elle réussit à sauvegarder les apparences, à paraître complètement détachée. Cette feinte indifférence la terrifia elle-même. Elle voyait maintenant les choses en toute lucidité, et analysait parfaitement les réactions de l'homme qui se tenait devant elle. Il était sous l'emprise d'un mélange de colère, de méfiance et de désespoir. Irrémédiablement. Elle l'aimait en dépit de tout, mais jamais il ne lui serait possible de vivre avec lui.

— Dans ce cas, pourquoi m'as-tu épousée ? l'interrogea-t-elle. Personne ne t'y obligeait. Si tu tenais tant à exercer ta paternité, nous aurions un accord pour que tu aies un droit de visite.

— Un droit de visite ? tonna-t-il. Il s'agit de mon enfant !

— En es-tu si sûr ?

A peine Rebecca eut-elle prononcé ces mots qu'elle les regretta. Elle avait frappé trop fort.

— Si les dates ne concordaient pas, j'en douterais, en effet, grommela Alejandro sombrement.

— Parce que je suis évidemment dénuée de morale et de vertu ! s'écria-t-elle, au bord de l'hystérie. Je suis prête à coucher avec n'importe qui par intérêt, n'est-ce pas ? Tu me dégoûtes.

Soulagée d'avoir vidé son sac, elle se dirigea vers la porte.

— Où vas-tu ?

— Le plus loin possible de toi.

— Tu ne pourras pas fuir la vérité indéfiniment, *mi esposa*.

Elle essuya ses larmes avant de lui faire face.

— Alors que toi, tu y arrives très bien, n'est-ce pas ?

12.

Contrairement à son attente, Alejandro n'éprouva aucun soulagement. Il ne ressentit pas non plus la joie triomphante qui l'envahissait d'habitude à l'issue d'un combat victorieux.

Non, cette fois-là, ce fut différent.

Assis à son bureau, il regardait sans le voir son écran d'ordinateur. Flora lui avait servi un rafraîchissement en manifestant bruyamment sa mauvaise humeur. A l'évidence, elle lui en voulait de s'être emporté contre Rebecca.

Il fronça les sourcils en se concentrant sur l'article de presse. Toute l'histoire était là, étalée sous ses yeux. On l'accusait d'avoir poussé Jackson Layton au suicide. Sans tarder, il avait mis toutes ses lignes téléphoniques sur répondeur pour couper court aux assauts des journalistes. Peut-être y en avait-il déjà quelques-uns en train de camper devant chez lui…

Rebecca lui reprochait d'éluder continuellement la vérité. Pourquoi se sentait-il offensé par sa médisance ? C'était elle qui mentait et le calomniait, et non l'inverse.

Il enfouit son visage entre ses mains, en fixant d'un air absent la lumière scintillante de l'écran. Et s'il se leurrait ? Si les apparences étaient trompeuses ? D'ailleurs, pourquoi Rebecca aurait-elle attendu aussi longtemps avant de faire des révélations à la presse ?

Il repensa au fil des événements de ces dernières semaines. A bien y réfléchir, rien de ce qu'elle avait dit, ou fait, ne prouvait de calcul ou de mauvaise foi de sa part. Une véritable intrigante aurait agi différemment, avec infiniment plus d'habileté. Si elle avait vraiment fait exprès de tomber enceinte, pourquoi serait-elle repartie en apprenant qu'il avait supervisé l'attribution du prêt à son père ? Il aurait été plus judicieux de sa part de continuer à faire comme si de rien n'était. Et pourquoi aurait-elle tant tardé à le salir auprès des journalistes ? Elle n'y avait aucun intérêt.

En fait, cet acte de malveillance provenait peut-être de quelqu'un d'autre, qui cherchait à le discréditer. Quelqu'un qui lui en voudrait d'avoir remporté le gros contrat de Dubaï, par exemple. Cahill ? Ce n'était pas impossible. Il avait adressé toutes sortes de renseignements à Rebecca…

Alejandro demeura prostré durant une éternité, à tourner et retourner dans son esprit les données du problème.

Finalement, il releva la tête. Il voulut rejoindre Rebecca mais ne la trouva nulle part. Toutes les pièces étaient vides. Le cœur battant, il finit par aller interroger Flora dans la cuisine.

— La *señora* Ramirez est partie, lui annonça-t-elle tristement.

Quand on s'appelait Rebecca Ramirez, on pouvait se présenter à la Villa de Musica et obtenir une chambre sur-le-champ. Certes, Alejandro finirait par retrouver sa trace, mais elle aurait du moins connu quelques heures de tranquillité.

Tout naturellement, on la logea dans la suite d'Alejandro, celle qui recelait tant de souvenirs… Rebecca avait déjà tellement pleuré qu'elle garda les yeux secs en se laissant tomber dans un fauteuil près de la fenêtre. Sur le trottoir, un homme et une femme se disputaient à grand renfort de gestes. Puis, brusquement, ils se jetèrent dans les bras l'un de l'autre pour s'embrasser.

Si seulement tout pouvait s'arranger aussi facilement pour elle !

Elle allait demander le divorce. Il n'y avait pas d'autre solution. Comment pourrait-elle vivre aux côtés d'un individu aussi froid et soupçonneux qu'Alejandro ? Et s'il refusait, elle exigerait un appartement séparé. Ou une maison. En tout cas, ils n'habiteraient pas sous le même toit, même s'ils s'occupaient conjointement de l'éducation de leur enfant.

Etait-ce seulement envisageable ? Rebecca se pinça l'arête du nez entre le pouce et l'index. Elle n'avait même plus assez d'énergie pour réfléchir. Tous les scénarios qu'elle imaginait lui semblaient vains, ou totalement irréalisables.

Son répit fut de courte durée. Une heure après, deux tout au plus, la porte s'ouvrit.

— Rebecca.

Le timbre de sa voix suffit à la bouleverser. Pourquoi était-elle aussi faible devant lui ? Elle rassembla ses maigres forces.

— Alejandro, je veux divorcer.

— Non.

Elle bondit sur ses pieds, prête à l'affronter, à se battre bec et ongles s'il le fallait.

— Je ne supporterai pas d'habiter dans la même maison que toi, d'entendre au quotidien tes insultes et ta malhonnêteté, ta mauvaise foi épouvantable. N'imagine pas un seul instant que je puisse revenir avec toi.

— *Sí*, je suis d'accord.

Elle plissa les yeux en le considérant avec curiosité. Il avait l'air hagard, comme s'il avait trop travaillé et manquait de sommeil. Il avait son col de chemise déboutonné et elle dut lutter contre l'envie irrépressible de se jeter dans ses bras pour poser les lèvres sur sa peau, au creux de son cou.

Résolument, elle se détourna en croisant les bras.

— Tu es d'accord pour divorcer ? Si vite ?

— Ce n'est pas ce que j'ai dit.

Les mains dans les poches, il s'approcha, mais pas trop près.

— Alors, explique-toi, Alejandro. Je n'y comprends rien.

— Assieds-toi, répondit-il. J'ai beaucoup de choses à te dire.

— Très bien, je t'écoute.

Elle alla s'asseoir au bord du lit, le plus loin possible de lui, tandis qu'il s'appuyait contre le rebord de la fenêtre.

— J'ai retrouvé la trace de Parker Gaines, commença-t-il doucement.

Rebecca sentit ses jambes se dérober sous elle.

— Ah…

— Il est dans une prison californienne, pour escroquerie.

— Tant mieux, commenta-t-elle aussitôt, sans cacher sa satisfaction.

— Je n'aurai pas besoin de le tuer pour me venger.

— Alejandro…

Il leva une main pour lui imposer silence.

— Si tu me le demandes, je le ferai avec un grand plaisir quand il sortira dans vingt ans.

Elle sourit malgré elle.

— Tu te moques de moi, Rebecca ?

Elle secoua la tête et il poussa un soupir. Puis, comme il gardait obstinément le silence, elle l'interrogea du regard.

— Je sais que tu n'as rien raconté à la presse, confessa-t-il gravement.

Cet aveu étonna Rebecca, mais elle ne se jeta pas dans ses bras pour autant.

— Comment as-tu découvert cela ? En payant très cher les services d'un détective privé ? T'a-t-il livré le nom du coupable ?

— Non, je suis simplement convaincu de ton innocence.

Elle éclata d'un rire amer.

— Cela ne te ressemble pas, Alejandro ! Toi, si méfiant et si soupçonneux !

Il la rejoignit en deux enjambées, si vite qu'elle n'eut pas le temps de réagir. L'instant d'après, il tombait à genoux, à ses pieds, et prenait ses mains dans les siennes.

— Je me suis beaucoup trompé, *amor.* Je sais que tu es incapable d'une telle duperie. Ce serait froidement calculateur…

Elle essaya de se libérer, mais il la retint fermement.

— C'est exactement ce dont tu m'accuses ! protesta-t-elle. Ne suis-je pas capable de coucher avec n'importe qui pour parvenir à mes fins ? Prête à tout pour obtenir…

— Assez ! la coupa-t-il. J'ai eu tort.

Elle scruta attentivement son expression.

— Je ne te comprends pas, chuchota-t-elle.

— Pourras-tu jamais me pardonner pour tout ce que je t'ai dit et fait ?

— Je ne sais pas, répondit-elle sincèrement. Tu m'as tellement fait souffrir que je n'ose plus courir ce risque.

Il la lâcha et elle se leva pour se tenir hors de sa portée ; Alejandro resta agenouillé à côté du lit. Puis il posa le front sur le bord, sans bouger, comme anéanti.

Le cœur de Rebecca se mit à battre la chamade. Que lui arrivait-il ? Quel besoin avait-il de jouer cette comédie ?

— Je rejetais toute la faute sur toi, dit-il enfin. C'est ce qui explique mon comportement.

— Comment cela ?

Il plongea les yeux au fond des siens.

— Pour Anya. Je te rendais responsable.

Un froid glacial envahit Rebecca.

— Ça n'a aucun sens, Alejandro.

Il se mit debout et commença à arpenter la suite.

— Mon père avait projeté de marier mon frère à la fille d'un de ses amis, pour réparer une dette. A la mort de mon frère, il m'a demandé d'honorer sa promesse à sa place. Je t'ai déjà raconté cela, non ?

Elle hocha la tête d'un air absent, en attendant la suite.

— Mais moi, je ne voulais pas. J'avais envie de choisir moi-même la femme que j'épouserais. J'ai donc refusé. C'est à ce moment-là que tu t'es enfuie, en croyant que j'étais fiancé. Tu ne m'as pas cru quand j'ai essayé de m'expliquer là-dessus. Moi-même j'ai eu des doutes sur ta sincérité quand Cahill m'a retiré son financement. J'ai donc finalement accepté d'épouser Caridad. Après tout, elle avait toutes les qualités requises pour un mariage de convenance : le milieu social, la fortune, la beauté… C'était la femme idéale.

Il poussa un long soupir avant de poursuivre :

— En fait, j'allais au-devant de bien des déceptions… Quand Anya est née, Caridad ne s'est pas du tout intéressée à son enfant. Elle est restée froide et distante, comme elle l'était avec moi. La nuit où Anya est morte, Caridad se trouvait à Milan, injoignable pendant des heures. Lorsque j'ai finalement réussi à lui parler, elle a mis vingt-quatre heures pour revenir, au prétexte qu'elle ne pouvait de toute façon plus rien pour Anya.

Le cœur de Rebecca se serra douloureusement. Elle avait envie de consoler Alejandro, mais une partie d'elle-même était pétrifiée.

— Et c'est moi que tu as blâmée ? se récria-t-elle. Pourquoi ?

— Si j'ai épousé Caridad, c'est uniquement parce

que tu m'as quitté. Rien ne serait arrivé si tu étais restée avec moi.

La gorge nouée par un mélange de chagrin et de ressentiment, Rebecca s'obligea néanmoins à parler, d'une voix blanche :

— Tu avais le choix, Alejandro. On a toujours le choix. Exactement comme mon père lorsqu'il s'est obstiné à acheter cette chaîne d'hôtels en Thaïlande. Ce n'est pas ta faute s'il est mort là-bas dans un accident d'avion. Tu n'y es pour rien. Chacun est responsable de ses choix. Si tu ne t'étais pas marié avec Caridad, tu n'aurais pas souffert ; mais tu n'aurais pas non plus connu les joies de la paternité.

— Je l'ai compris depuis, conclut-il plus tranquillement. Grâce à toi. Tu m'as obligé à analyser avec lucidité certains aspects de ma personnalité que j'avais préféré ignorer jusqu'alors.

Rebecca secoua la tête.

— Il est malheureusement trop tard, Alejandro. Qui sait si tu ne retomberas pas dans les mêmes travers ? Pourquoi te ferais-je confiance ?

Il exhala un long soupir.

— Je dois apprendre à lâcher prise, n'est-ce pas ? Je changerai pour toi, Rebecca, mais je n'y arriverai jamais tout seul.

Rebecca eut subitement l'impression de manquer d'air. Cette fois-ci, ce n'était plus la peur panique qui lui comprimait la poitrine, mais un fol espoir.

— Explique-toi, Alejandro. Je ne suis pas sûre de te comprendre tout à fait.

— C'est toi que je voulais épouser, il y a cinq ans, Rebecca. Je t'aimais. Il m'a fallu beaucoup de temps et de réflexion avant de parvenir à cette conclusion. Je n'aurais pas éprouvé une telle colère si je n'avais pas été très amoureux. Maintenant, cela me semble évident.

Rebecca sentit les larmes lui piquer les yeux.

— Tu m'aimais, il y a cinq ans ?

Elle avait de la peine à y croire. Pourtant, c'était là son vœu le plus cher : être aimée en retour par l'homme auquel elle avait donné son cœur. Mais Alejandro était-il sincère ? Et pourraient-ils surmonter la souffrance qu'ils avaient endurée et qui les avait tenus éloignés ?

— Je t'aimais alors, et je t'aime maintenant.

Il baissa la tête en fermant les paupières.

— Et la force de cet amour me terrifie, avoua-t-il.

— Parce que tu n'as pas le pouvoir de le contrôler ? suggéra-t-elle.

— *Sí*, acquiesça-t-il avec une tendresse qui la bouleversa.

— Je ne sais pas quoi dire, Alejandro, murmura-t-elle avec le cœur qui battait à tout rompre.

— Dis-moi que tu m'aimes.

Elle ne pouvait pas le nier. De toute façon, elle n'en avait aucune envie.

— Je n'ai jamais cessé de t'aimer, confessa-t-elle.

— *Madre de Dios, gracias!* s'écria-t-il en invoquant le ciel. Je peux donc espérer ton pardon ?

— J'aurai besoin de temps...

Il sembla déçu mais résigné.

— Tu me diras quand ?

Elle hocha simplement la tête et ils se renfermèrent dans le silence.

Combien de temps restèrent-ils ainsi, sans parler, perdus dans leurs pensées ? Rebecca avait terriblement envie de croire Alejandro.

Et pourtant... Chaque fois qu'elle lui avait fait confiance, par le passé, elle avait souffert. Enormément.

Elle étudia son profil, son expression altière. Comme il avait dû lui en coûter, de passer aux aveux et de reconnaître ses torts avant de lui déclarer son amour... S'il avait couru ce risque, pourquoi reculerait-elle ?

Quand elle se leva, il sursauta, surpris. Elle le rejoignit pour passer les bras autour de son cou et il la serra contre lui, enfouissant son visage dans ses cheveux. Ils demeurèrent encore ainsi un long moment, à s'étreindre sans bouger ni prononcer un mot. Finalement, elle s'écarta légèrement pour scruter son expression. Oui, c'était un saut dans l'inconnu, mais cela en valait la peine. Elle décida de lui faire confiance, entièrement, corps et âme.

— Je te pardonne, Alejandro, articula-t-elle avec émotion. Je t'aime depuis toujours.

Il l'embrassa avec une telle tendresse qu'elle faillit fondre en larmes.

— *Mi corazón*, chuchota-t-il. J'ai résisté de toutes mes forces, mais tu m'as enchaîné à toi pour la vie. Désormais, je suis ton esclave.

— Tu ne regrettes pas ta liberté ?

Le sourire d'Alejandro illumina la vie de Rebecca.

— Je suis encore gagnant, *mi amor*…, déclara-t-il avec ferveur.

La promesse d'un bonheur tout neuf le transfigurait, et Rebecca se félicita d'avoir parié sur sa sincérité.

Epilogue

Après son rendez-vous chez le médecin, Rebecca se rendit en limousine dans les bureaux des Entreprises Ramirez. Maintenant que le terme approchait, il s'agissait d'une simple visite de routine. Quelques mois auparavant, le test génétique les avait rassurés, Alejandro et elle : leur bébé ne courait pas davantage de risque que la moyenne.

La réceptionniste la gratifia d'un large sourire quand elle traversa le hall pour se diriger vers l'ascenseur. Après une conférence de presse qui avait mis un terme définitif aux rumeurs, les affaires étaient redevenues florissantes. La cotation en Bourse s'était même envolée quand Alejandro Ramirez avait annoncé la nomination de Rebecca Layton à la tête d'un nouveau consortium. Ils formaient décidément une association à toute épreuve, dans le domaine professionnel comme dans l'intimité.

Alejandro accueillit sa femme avec un sourire.

— Tu ne devais pas travailler à la maison aujourd'hui, *mi amor* ?

Elle haussa les épaules.

— J'avais envie de te voir.

Il fit le tour du bureau pour la serrer dans ses bras.

— Bientôt, je ne pourrai plus t'enlacer par la taille.

— Alejandro, abstiens-toi de ce genre de remarques. Les femmes ont horreur de grossir !

— Mais cela te va si bien ! Tu es radieuse !

Ils s'embrassèrent passionnément.

— Eh bien, qu'a dit le médecin ? demanda Alejandro au bout d'un moment.

— Veronica se porte à merveille. Et moi aussi. Même si je suis énorme.

Parfois, elle se demandait comment Alejandro arrivait encore à la trouver séduisante.

— Bien. Mais pouvons-nous continuer à faire l'amour, si près de l'accouchement ?

— En as-tu vraiment envie ?

— Quelle question ! Evidemment, répondit-il sur un ton empressé. Je t'aime, *mi amor.* Et j'ai besoin de toi.

— Ferme la porte à clé, murmura-t-elle en guise de réponse.

Il obtempéra sans tarder et la conduisit par la main jusqu'au canapé confortable qui meublait un coin de la pièce.

— Tu me rends la vie plus merveilleuse de jour en jour, murmura-t-il. Je suis comblé.

— Alejandro, tu es tout pour moi, répondit-elle avec un sourire d'extase.

Et elle entreprit aussitôt de le lui prouver.

Un mois plus tard, Veronica Rebecca Angelica Arroyo Rivera de Ramirez faisait des débuts remarqués dans le monde, sous le regard émerveillé de ses parents.

Huit mois plus tard, Rebecca était de nouveau enceinte, de jumeaux cette fois.

Dans la maisonnée des Ramirez, l'air résonna bientôt de rires et de cris d'enfants, pour le plus grand plaisir de Rebecca. L'existence ne risquait pas de devenir morne ou ennuyeuse…